ノーベル文学賞を読む

ガルシア＝マルケスからカズオ・イシグロまで

橋本陽介

角川選書
605

はじめに

二〇一七年秋、日系イギリス人のカズオ・イシグロがノーベル文学賞を受賞した。カズオ・イシグロは以前から日本でも人気のある作家だったし、『わたしを離さないで』はドラマ化までされていたことに加えて、日系人ということもあってマスコミがこぞって報道したため、書店でも最も目立つところにその作品が置かれることになった。

ノーベル文学賞といえば、ここのところしばらく村上春樹が受賞するかどうかに話題が限られてきた。「ノーベル文学賞と村上春樹は秋の季語」などと揶揄《やゆ》されるほどだったが、それ以外で注目されたのは喜ばしいことだ。とはいえ、日本の報道で注目されているのは依然として「日本人が受賞できるかどうか」であって、その文学そのものではない。カズオ・イシグロが騒がれたのも日系人であるからにすぎないようである。選考方法や賞の性格、スキャンダルなどが話題に上ることも少なくないが、受賞した作家の作品自体が注目されることは少なく、残念ながらそれほど読まれていない。

ノーベル文学賞を巡る言説において、意外に見過ごされているのが、受賞作家の作品の質の高さである。世界中に様々な文学賞があるが、やはりノーベル文学賞の水準は高い。全体的にどれもおもしろいのである。読まれないのはあまりにももったいない。

そこで本書の第一の目的は、読まれていないことを前提として、一九八〇年代以降に小説で受賞した作家の作品をできるだけ多く紹介することである。八〇年代以降に限定するのは、優れた同時代小説に的を絞りたいからだ。ドストエフスキーのような古典的な作家の本が売れ続けているところを見ると、小説にはまだ一定の需要があるようなのだが、なぜか現代の外国文学はそれほど読まれているとは言いがたい。そこで本書を世界の文学への門戸を開くための入門書として提示したい。本書を読めば、八〇年代以降、だいたいどのような作家・作品が受賞してきたのかが概《おおむ》ねわかるようになっている。

また、ノーベル文学賞を受賞している作家の作品を見ると、二〇世紀後半以降、どのようなテーマが小説で扱われてきたかがわかる。本書第二の目的は、ノーベル文学賞を通じ、現代における小説の潮流を知ることである。

さらに、私は小説言語の言語学的分析を専門としているので、本書では小説構造や文体をはじめとする技巧面、言い換えれば「何が書かれているか」だけではなく、「どのように書かれているか」に着目したい。ノーベル文学賞はもともと個性的なスタイルの作家を好むし、同じような作風の作家を選ばない傾向にあり、それぞれ大きく違っている。小説は言語の芸術ということもあり、独自の小説言語を持っている作家を重視するという文学観を選考委員たちは持っているようだ。

ノーベル賞作家の小説を見ることを通じて、小説言語や小説の構成などがどうなっているのか、より詳しく考えられるようにすることが本書の第三の目的である。「小説などの文学は独創なのではないか」と思うかもしれないが、優れた作家であっても本当に新しい部分はごくわずかだし、優れた作家ほど先行する作家の技術を吸収しているものである。本書ではそうした面も考えてみたい。

小説についての書というと、多くの研究ではその解釈が中心となる。本書では解釈の深いところには入っていかない。というのは、本書はまだその作品を読んでいない人のために書いているからである。深い解釈をするには作品の核心となる内容を明かす必要が出てきてしまうが、そうすると実際にその作品を読むことになったときに、興をそがれることになりかねない。深い解釈は、ぜひ読者自身で行っていただきたいと思っている。

本書が優れた文学作品を知る助けとなることを願う。

目次

図版作成／村松明夫

ノーベル文学賞を読むということ

私が個人的に最も縁のあるノーベル文学賞作家は、二〇〇〇年に中国語で創作する作家として初めて受賞することになった高行健《こうこうけん》である。この年、私は高校三年生で、熱心に中国語を勉強している最中であった。夏休みに初めて北京を訪れて、それまで古典文学に興味があったところから、現代中国に強い興味を持つようになっていた。その数か月後の十月に、高行健が受賞し、漢文の先生がその新聞記事を配っていたのを覚えている。

そのころまだ日本語訳は出ていなかったが、原文の読解に挑戦した。卒業論文も高行健で書いたし、学会のデビュー論文も高行健の文体についてであった。二〇一〇年の夏休み、旅行先のモロッコから帰国すると、指導教員から「前も言ったと思うけど、あさって高行健が来るから」というメールがきていた。来日中の高行健が一日空いている時間があるということで、鎌倉を案内することになったというのである。指導教員は鎌倉で待っているということで、南京虫に刺されて体じゅうボコボコの私は新宿の京王プラザからノーベル賞作家と二人で鎌倉まで移動することになった。せっかくの機会なので、文学についていろいろ雑談した。受賞の際のことを聞くと、ノーベル賞はまったくの寝耳に水で、突然電話がかかってくると、パリの自宅前に報道陣が押し寄せてきたと言う。

それもそのはずで、高行健はそれまでマイナーな作家であり、中国文学研究者ですら限られた人しか作品を目にしていなかったからである。高行健は一九八九年の天安門事件以降、中国に帰れなくなり、パリに移住した作家であることから、この時の日本での報道はその政治的側面に集中していた。そのころの記事を見てみると、高行健は中国政府にたてついた「自由の闘士」であるかのように書いているものも少なくなかったし、そのような作家に賞を与える政治的意図も問題とされた。中国では当然のごとく、怒りの声が上がった。当時、中国人で受賞した作家が一人もいないなかで、よりにもよって亡命作家に賞が与えられたのだから、当然の反応であろう。

いずれにしても、誰も高行健の作品について評価はしていなかった。誰も読もうとすらしていなかったのである。ある雑誌には「自由への闘士であることをやめたノーベル賞作家」といったような記事が載った。その記事によれば、高行健が香港で行った講演で、「政治からの逃亡」を宣言したという。あたかもそれを非難するかのような書きぶりであった。だが実は高行健は、最初から反体制的な作品を書いてきた作家ではなかったのである。中国に帰国できなくなったのは、『逃亡』という天安門事件を思わせる題材を扱った戯曲を書いたからだが、これにしても「自由への闘い」を描いたものというよりも、政治そのものからの逃亡を宣言したものと読むほうが適切のように思われる。

高行健に限らず、平和賞ほどではないにしても、政治性が話題になることがある。というより、政治的な話題として取り上げられるときくらいにしかニュースとして注目されてこなかったといったほうが適切かもしれない。多くの受賞作家が政治的な問題を題材としているが、文学は社会的なものなので、政治が問題となることが多いのは確かである。

それ以上にノーベル文学賞に関する話題でよく出てくるのは、「村上春樹が取れるのか」ということだ。というより、九十パーセント以上はこの話題だろう。要するに「日本人が認められるかどうか」のみが注目のポイントなのだ。日本人が「世界に誇る」賞を取るかどうかが問題なのであって、日本人以外の受賞者やその文学がいかなるものなのかは、それほど関心が持たれていないようである。

今年に入って、選考委員の夫に性的暴行疑惑が報じられ、二〇一八年の発表は見送られる事態となっている。これにともなって、「ノーベル文学賞に価値はあるのか」「もういらない」などといった記事が多数でているが、いずれにしても受賞作を読んではいないようだ。

文学は本来、作品ありきのはずである。作品ありきの話をするべきではないのか。本書では、作品本位でどのような小説があるのかを見ていくことにするが、その前にここで簡単に全体の傾向を述べておこう。

選考方法

まず確認しなければならないのは、ノーベル文学賞は、公的な機関による公平な世界選手権ではないということである。もし公平に選ぼうと思ったところで、文学はルールが厳密に決められたスポーツとは異なる。何らかの価値観に従った選考になるのは仕方がない。このため一定の傾向が存在している。

ノーベル文学賞を選ぶのはスウェーデン・アカデミーで、一八人の委員からなる。このうち五人によって委員会が組織される。候補者は各国の有力な大学教授やペンクラブなどの文学組織、過去のノーベル文学賞受賞者などによって推薦され、それをもとにリストアップされるという。そのリストから何らかの方法で絞っていかれ、最終的に一人が選ばれる。最終候補となると、委員はかなり多くの作品を読むといわれている。つまり、特定の文学作品一つで選ぶのではなく、過去の実績を複合的に勘案して選出される。このため、どんなに素晴らしい作品を書いたとしても、新進の作家や詩人は選ばれない。一方で存命中の人しか選ばれないため、受賞するためにはコンスタントに実績を残したうえで早死にしない必要がある。

選考の過程は基本的に不明であり、誰が候補に挙がっているのかもわからない。村上春樹は受賞寸前まで行っているのかもしれないし、候補にすら挙がっていないかもしれない。

ただし、選考から五十年を経過してから資料が公開されることになっており、私たちも長生きすればその答えを知ることができるはずである。ちなみに今年は川端康成が受賞した六八年からちょうど五十年にあたる。六七年の資料も見られるようになったが、この年には三島由紀夫が有力候補として挙がっていたことが判明した。もちろん以前から三島が有力候補になっていたことは噂されてはいたが、正式に確かめられたのはつい先日のことである。

ノーベル文学賞に関する言説を見ていると、有力な作家が取っていないとか、政治的に偏っているとか、欧米偏重であるなどといったことがよく書かれているように思われる。これらはどれも間違っていない。優れた作品を残しながら取れない作家は数多くいるし、政治的にも傾向はある。欧米言語で書かれたものが有利なことも確かだ。汚職や根回しも否定はできない。

だが、それゆえにノーベル文学賞受賞作家に価値がない、とはならない。偏りはあるといっても、取っている作家は基本的に一流であり、読むに値する。なお、似た作風の作家や、同じ文学グループ、テーマ的に近いものなどは選ばないようにしているようだ。年に一人しか選べない中で、優れていたとしても同じような作風の作家に授与するわけにはいかないのだろう。

受賞者と地域

よく知られている通り、初期は圧倒的に欧米の作家ばかりが選ばれていた。非西洋の受賞者としては、インド人の詩人タゴールが一九一三年と最も早いが、タゴールは母語のベンガル語だけでなく、英語の詩集を出していた。西洋のものではない言語での受賞者は、一九六八年の川端康成が最初である。欧米言語へ翻訳されていなければ、そもそも選考する側が読むことができないので、西洋の言語以外で創作する作家や詩人は最初からハンデを背負っていることになる。

とはいえ、一九八〇年以降になると、できるだけ多様な地域に与えようと努力してはいるようである。八八年のマフフーズはエジプト人で、アラビア語圏の作家として初の受賞となった。二〇〇〇年の高行健と二〇一二年の莫言《ばくげん》は中国語、一九九四年の大江健三郎は日本語、二〇〇六年のパムクはトルコ語で創作する作家である。できるだけ多様な地域に与えようとするためか、ある地域の誰かが受賞すると、その地域にはしばらく順番が回ってこない傾向がはっきりしている。

最も受賞者の多いのはやはり英語圏で、イギリス国籍の受賞者は八〇年以降で五人もいる。この数だけ見ると、イギリスが有利のようにも思うが、二〇〇一年のナイポールはトリニダード・トバゴ出身だし、カズオ・イシグロは日系人としての受賞であり、マジョリティーの「イギリス人」ではない。受賞者の多そうなイメージのあるアメリカ人も、小説家としては九三年のトニ・モリスン一人しか受賞していないし、カナダ人は一九〇一年の第一回から数えても二〇一三年のアリス・マンローただ一人である。英語圏としてはほかに南アフリカのゴーディマとクッツェーが受賞しているが、オーストラリアに至っては一九七三年のパトリック・ホワイトが最初で最後になっており、八〇年代以降の受賞はない。

このように、最も言語的に有利に思われる英語圏でも、国別に見ると順番が回ってくるのは極めてまれであることがわかる。必然的に、受賞に至らない大物作家も多くいる。ひいきの地域のひいきの作家が受賞していないと、文句のひとつも言いたくなるところだが、手広く対象を広げれば広げるほど、仕方がないことだろう。読者としてはむしろ、知らない地域の知らない作家との出会いが広がるとポジティヴに捉《とら》えたほうがよいように思う。

ただはっきりしているのは、ノーベル文学賞は文化的に越境している作家・作品が好きだということである。既に言及したナイポールとカズオ・イシグロ以外にも、八一年のカネッティはブルガリア出身のドイツ語作家で、イギリスで活動した。二〇〇〇年の高行健はフランス在住の中国語作家、二〇〇九年のヘルタ・ミュラーはルーマニア出身のドイツ語作家で、ドイツに亡命している。二〇〇八年のル・クレジオも、フランス人ではあるがアジアやアフリカなどを舞台にした小説を多く書く作家で、白人を相対化して書いている。越境作家の小説は、特定の文化だけのものではなく、最初から異文化に向かって開かれているから、外国人が読んでもおもしろい、というのも一つの理由ではあるだろう。

政治的傾向

一九〇一年の第一回の時は、トルストイが最有力候補といわれたが、その無政府主義的な傾向や、キリスト教批判が嫌われて落選したといわれている。文学作品は客観的にその価値を計量できるものではないから、選考者の何らかの価値観が反映されるのは仕方がない。

一九八〇年以降の傾向として顕著なのは、少数派を描く作品が非常に多いということである。現在、世界的に最も力を持っている属性は「ヨーロッパ・白人・男性」であるが、その価値観に則《のっと》った小説はあまり受賞していない。これらの属性を持っていたとしても、何らかの意味でマイノリティーとしての属性を持っていることが多い。八二年のガルシア＝マルケスは白人男性だが、南米の原住民的な発想を取り込んでいるし、九三年のモリスンはアメリカ人だが、「黒人・女性」の立場から描いている。二〇〇三年のクッツェーは白人男性ではあるが、アパルトヘイトを批判的に捉えた作品を書いている。

また、特に好んで賞を与えているように思われるのは、ユダヤ人を巡る問題と、それに付随するナチスについてである。八一年のカネッティは越境作家であるだけでなく、ユダヤ系である。九九年のギュンター・グラスも、ナチスについて多く書いているし、二〇〇二年のケルテース・イムレはアウシュビッツの生還者だ。二〇一四年のモディアノもユダヤ系で、戦時中のフランスにおけるユダヤ人についても多く書いている。

一方で、共産主義的なものや国家主義的なもの、戦争や軍事的英雄を賛美するものなどは選ばれていない。ノーベル文学賞は世の中における支配的なものの立場からよりも、むしろ抑圧されている側を描くものを重視するという文学観に立っていることは明らかである。

では、なぜこのような傾向になるのか。ガルシア＝マルケスは次のように述べている。


文学、とりわけ小説には一つの機能があることがわかってきました。幸か不幸か、その機能は破壊的とでも言えばいいのか、ともかく、私の知るかぎり、優れた文学が既成の価値観を称揚するようなことは皆無なのです。優れた文学は常に、既成のもの、当然として受け入れられているものを破壊し、新たな形態、そして新たな社会を打ち立てよう、言ってみれば、人間生活を改善しようと志向するのです。（『疎外と叛逆――ガルシア・マルケスとバルカス・ジョサの対話』寺尾隆吉訳、水声社、二〇一四年）

ガルシア＝マルケスが述べる通り、既成の価値を壊していく機能が文学にあるのは確かである。また、読者論で有名な理論家のイーザーも、芸術の主要な機能の一つは、支配的な価値によって生み出されたマイナス面を露呈することであるとしている。こうした文学観に立つならば、文学の機能やおもしさとは、規範から逸脱することにあるともいえる。もちろん、文学の機能とは国家の規定する規範を一般大衆に広めるためのものであるとした一時期の中国共産党のような考え方もあるが、そうした価値観は少なくとも先進国においては一般的ではない。

とするならば、マイノリティーや被抑圧者の文学が多く受賞することになるのは必然的になる。

このように述べてくると、プロパガンダ性の高いものが選ばれているのではないか、という疑問も出てくるだろう。しかし単に政治的主張をしているだけのものは、受賞していない。あくまでも文学作品として「おもしろい」ものを選ぼうという意識は感じられる。

重厚なテーマを扱ったものが多いのと反対に、SF、ホラー、ファンタジーなど、エンターテインメント色の強い小説を書いている作家の受賞はまだない。このあたりも、「文学」とは何かについての一つの価値観を提示しているといえる。

小説言語の多様性

単なる政治的なプロパガンダではない良質な文学とは何だろうか。

ノーベル賞は、どうやら「この作家といえばこれ」というような、他とは違ったものを求めているようだ。それも、独自の小説言語を持つ作家を重視している。私のように小説言語を中心に研究している立場からすると、たいへんありがたい。小説言語についてそれほど独自性を持たない作家が多い中で、ノーベル賞を取っている作家は際立った特徴を持っていることが多いからである。小説は言語の芸術なのだから、独自の小説言語を持つべきだという文学観を持っているらしい。この点、私は大いに賛同できる。

世界文学を読むこと

八〇年代以降の受賞者・受賞作品を見てみると、それまでよりは西洋中心主義を脱しようとする意識が感じられる。もちろん、スウェーデン・アカデミーが選ぶ賞である以上はおのずと限界がある。西洋的な知識体系・価値観から選んでいるのは確かだ。自分たちの価値観を離れて文学を読むことはできない。

自分の価値観や知識から離れて読むことができないのは、日本人読者にとっても同様である。ところが、世界の文学を読むときには、その地域の文化や歴史についてそれほど詳しくないことがほとんどである。つまり世界の文学たりえるためには、異なる文化・歴史を持つ地域の読者が読んでもおもしろいと感じるものでなければならない。その点、特定の地域の読者でなければまるで良さがわからないとか、背景知識がないとおもしろくないといった作品は選ばれていない。つまり、何らかの意味で普遍性を持っていることになる。

当該の作家と文化・歴史を共有していなければ、その作品理解の仕方は、文化を共有する人たちとは異なることも多いだろうし、様々な「誤読」を行うこともあるだろう。だが、テクストには唯一絶対の意味があるわけではない。積極的に読み、新たな読書体験を作り出せばよい。

世界の文学を読むことは、その作品を通じて、世界を知ることにもつながる。小説を通じる場合、客観的なデータや論文、報告や報道とは理解が異なってくる。小説では常に特定の人物、特定の出来事、特定の場所、特定の現在が描かれる。通常は主人公を中心とする一部の人物の視点から描かれるので、断片的で主観的なものでもある。だがその主観的な把握や心情、ある出来事、ある現在における生々しい状況などを通じて初めて見えてくることも少なくない。

まとめれば、世界で読まれる文学は、何らかの個別的で特定の人物、場面、出来事が描かれる。だが同時に何らかの普遍性を持っていなければならない。こうした点も、本書を通じて考えてみたいところである。

以上、最初にノーベル文学賞を読むこと全般にまつわることについて簡単に述べた。次章からはいよいよ、受賞作家とその小説を具体的に見ていくことにする。

一九八〇年代

一章　めくるめく勘違い小説『眩暈』

エリアス・カネッティ（一九八一年）

ここからは、一九八〇年代以降のノーベル文学賞作家のうち、主に小説で受賞している作家の作品をその技法を中心に分析・紹介していく。副題に「ガルシア＝マルケスからカズオ・イシグロまで」としているので、八二年に受賞したガルシア＝マルケスから始めればいいような気がするが、ここは八一年に受賞したエリアス・カネッティとその唯一の長編小説である『眩暈《めまい》』からスタートしたい。

長編小説を一つしか書いていないのだから、「主に小説で受賞した」とは言いがたいかもしれないし、『眩暈』が執筆されたのは一九三一年ころ（出版は一九三五年）であり、「優れた同時代文学について論じたい」と考えている本書の性格からすると、かなり古い。それでも『眩暈』を取り上げざるを得ないように私には思われる。あまり類例のない奇妙な小説だからである。

ノーベル文学賞受賞作家の作品は、それぞれいい意味でも悪い意味でも個性的なものが多い。文学が芸術の一種だとするなら、「他と違う」のは重要である。そんな中でも『眩暈』はキワモノの部類に属するように思われる。最後まで読むと、おそらくその感想は「びっくりするほどおもしろい小説を読んだ」となるか、「読んではならないものを読んでしまった」となるかではないか。

カネッティは一九〇五年、ブルガリア生まれのユダヤ人である。その母語は、ラディノ語であったという。ラディノ語とは古い形を保っているスペイン語である。なぜブルガリアで古いスペイン語が話されているのだろうか。

ユダヤ人たちは土地を失ってから、各地に散らばったが、現在のスペインのあるイベリア半島にも来ていた。八世紀にイベリア半島はイスラム化するものの、ユダヤ人たちは依然としてそこにとどまっていられた。しかし一四九二年にレコンキスタが完成し、キリスト教徒がイベリア半島を奪うと、ユダヤ教徒たちも土地を追われることになった。追われた人たちの多くがオスマン・トルコに逃げたが、カネッティもこうした人たちの子孫であるという。なお、ブルガリアがオスマン・トルコから独立したのは露土戦争の後の一八七九年である。

歴史や言語学の見地からすると、これだけでも興味深い。オスマン帝国にいながら、ブルガリアの地で五百年もスペイン語を保っていられるものなのだ。いろいろ物語もありそうである。とはいえ、カネッティはその後ウィーンに移住し、八歳からドイツ語を学習したため、作品はすべてドイツ語で書かれている。一九二四年からウィーン大学で化学を専攻し、三一年には『眩暈』を書きあげた（ただし出版されたのは三五年）。二十六歳でこれほどの奇妙な長編を書いているとは驚きだが、むしろ若いから書けたのかもしれない。第二次世界大戦が始まると、ユダヤ人のカネッティはウィーンにはいられない。三九年にイギリスに亡命し、その後七一年まで定住していた。一九六〇年代になるまで、ほとんど注目されていなかったらしい。『眩暈』以外にも、戯曲や、『群衆と権力』という分類のよくわからない本で知られている。いろいろな文化を越境していることとナチズムを描くことはノーベル文学賞の好物なので、受賞にはそういう面も作用しているだろう。

『眩暈』について

ヨーロッパの哲学を読んでいると、しばしば人間の「理性」が「真理」に到達できるかのように思い上がっているように感じられることがある。言語も「真理」に一致させたいと考えるので、「言語」と「真理」を一致させようと努力する論理学者は多いし、明晰《めいせき》なることがよいことであるとの価値観を持つ人も多い。

だが、二〇世紀の前半、ヨーロッパの文学の一部は、「理性」に疑いを持った。中でも第一次世界大戦で大量の死者を生み出したことは、文学者に「理性」を疑わせるに十分だった。カネッティも、「理性」を疑ったヨーロッパ知識人のうちの一人である。それもただ疑っただけでなく、激しく疑った。『眩暈』はもともと、主人公の名前をカントにし、

『カントに火がつく』というタイトルにする予定だったという。カント的な主体、つまりは理性的な主体を文字通り焼却しようと試みたのである。

人間の「理性」を疑うとして、それをどう表すかが見せ所である。例えば、シュルレアリスム（超現実主義の意味。「シュール」という言葉の語源）のようにすることもできる。シュルレアリスムの代表的な文例を見てみよう。

公園はその時刻、魔法の泉の上にブロンドの両手をひろげていた。意味のない城がひとつ、地表をうろついていた。神のそば近く、その城のノートは、影法師と羽毛とアイリスをえがくデッサンのところでひらかれていた。〈若後家接吻荘〉というのが、自動車のスピードと水平の草のサスペンションとに愛撫されているその宿の屋号だった。（アンドレ・ブルトン『シュルレアリスム宣言・溶ける魚』巖谷國士訳、岩波文庫、一九九二年）

シュルレアリスムは、一九二四年にスタートした芸術運動だが、当時はフロイトの精神分析が流行《はや》っていたこともあって、「無意識」の領域に到達しようとした。これを表すため、頭に思い浮かんだ言葉をそのまま並べてみるという実践を行ったことで知られる。見てわかる通り、意味不明である。

『眩暈』はシュルレアリスムより若干後だが、ほぼ同時代といっていいだろう。では、どのような方法を採ったのか。

それは、登場人物を全員狂人にするという方法である。主人公はキーンという頭のおかしい東洋学者であり、その他の人物も同様におかしい。さらに、人物たちは常に勘違いをし続ける。あらゆる人物が勘違いの応酬をする。信頼すべき主体は一つもない。文体は短い文の連続で緊迫感があり、自由間接話法を多用し、人物の勘違いした思考を表出する。風刺と諧謔《かいぎゃく》といえばそうなのだろうが、そのワードもふさわしくないように感じる。典型的な風刺は、よく知られた社会的風潮や出来事、あるいはある種の典型的な人物を一歩引いた目線で戯画化するが、『眩暈』の人物たちは、そんなに典型的な人物でもないし、典型的な行動を取るわけでもない。そこに魅力がある。

内面描写と自由間接話法

人物たちが勘違いをし続け、その勘違いの応酬をするのを書くのに、カネッティは内面の描写を多用する。私はこれまでの著作で小説など、物語文の特権として、「①物語られる現在が現在として語られる　②人物の内面を自由に語ることができる」の二点を指摘してきた。日常会話では、普通過去で起こったことは過去に起こったこととして回顧的・要約的に書かれるのに対して、物語文ではその場面を現在として語る。また、他者の内面は究極的には知りえないものであるが、これも自由に語ることができる。小説では「物語の現在」に埋め込まれた人物たちが登場し、それぞれ思考し、内面を持つ。このため、内面の思考や感情を表すか表さないか、表すとすれば誰の内面であるか、またどのように表すのかは、方法論として非常に重要である。

欧米の小説では、内面を書くのに「自由間接話法」と呼ばれる話法を使用することが多い。「自由間接話法」は日本語では文法が違うため、簡単には理解できないのだが、ここでは三人称と過去形で語られる地の文でありながら、内面の思考や感情が表出される文と理解しておこう（「自由間接話法」と日本語での表現については拙著『ナラトロジー入門』水声社、二〇一四年か、『物語論　基礎と応用』講談社選書メチエ、二〇一七年などを参照してほしい）。一九二〇年代には、イギリスのヴァージニア・ウルフやキャサリン・マンスフィールド、アイルランドのジェイムズ・ジョイスなど、「意識の流れ」と呼ばれる作家が登場したころで、内面の叙述についても新しい方法が開発されていた。ウルフの『ダロウェイ夫人』では、自由間接話法を使用することによって、人物の思考と客観的な描写が地続きになった。また人物から別の人物の思考へと切り替わるなど、様々な意識から多面的に描かれている。

ウルフやマンスフィールドの描写では、人物たちの繊細な感情が描かれる。『眩暈』はその『ダロウェイ夫人』などよりも少し後で、自由間接話法で内面が描かれるのは同じだが、まったく繊細さはない。おかしな思考がひたすら表出されるのである。

また、『眩暈』では、勘違いの応酬が描かれる。応酬が描かれるためには、複数の人物の視点から描かれなければならない。視点をどう取るかも、小説技法にとって重要である。『ダロウェイ夫人』でも複数の人物の思考を切り替え、重層的に語る。『眩暈』では複数のおかしな人物の思考を交錯させることによって、勘違いの応酬を表すのである。

具体的に見ていこう。

キーンとテレーゼの狂ったやり取り

『眩暈』は全三部からなっている。第一部は主人公のキーンと、その家政婦のテレーゼを中心に話が進む。キーンは文字通り書物の虫であり、二万五千巻にも及ぶ蔵書だけがすべてである。一方のテレーゼは特に教養もない五十七歳の女であるが、自分では三十歳にしか見えないと思いこんでいる。キーン・テレーゼ双方の視点から語られていくが、どちらもおかしいので、すべてがおかしくなる。タイトルにもなっている眩暈を起こすのは、読者のほうなのである。

キーンは本が命なので、家政婦にも本を守ってもらいたい。テレーゼは本に興味がない。だからキーンが本に執着するのは、書斎に何らかの秘密があるのではないかと勘違いする。人でも殺して、隠しているのではないか、と。だが、書物について異常に問い詰める家政婦に対して、キーンは次のように勘違いする。

キーンは初め、家政婦の長ったらしいお喋りに気を悪くした。しかしまもなくあらためて耳を澄ました。この無学な女はこんなにも学ぶことを尊《たつと》んでいる。よき種を宿していると言ってよい。おそらくは、毎日自分の書物の世話をしてきたからだ。この種の女は書物にはなんら係わらない。この女は感覚がいい。教養に憧れているのであろう。（池内紀訳、法政大学出版局、二〇〇四年）

テレーゼが本を大切に扱う理由を教養に対する憧《あこが》れと勘違いしてしまうのである。なお、このキーン、現実の人間と対話することはない。常に書物の中の人間と対話するのだが、このあと彼は孔子と対話をする。その結果、勘違いをこじらせたキーンはなんと、テレーゼに結婚を申し込んでしまう。

プロポーズの理由は、本を守りたいためだけである。だが、テレーゼはそうは思わないから、夫婦らしい生活を目指したい。もともと狂人のキーンは、家に家具を持っていなかったので、テレーゼは食卓を買ってくる。そのうえ、食事中に会話をしたがる。しかしキーンは話をするのが耐えられない。そこで食事中は黙っているという契約を交わす。妻は契約を履行するが、食事中でないときに家具を買うことを要求する。するとキーンはこう考える。

うかつであった。契約は粗雑すぎた。食事中の沈黙と限ったとは、愚かな。これを契約違反とは言えない。この種の女は抜け目なく隙を逃さない。この次にはもっと巧みに立ち回らねばならぬ。口をきくな。

プロポーズしたくせに、かたくななまでに会話を拒んでいるのがわかる。食事以外で話しかけられただけで契約の内容をしくじったと考えるのである。

沈黙するキーンをよそに、テレーゼはベッドや洗面台を買ってしまう。キーンはそれが目障りであるので、見ないことにする。見ないものは存在しないということで、目をつぶって行動するようになる。

家具は所詮、自分のうちにも周りにも一隊の原子ほどにも存しない。エッセ・ペルチピ、すなわち、存在とは認識されたものの謂だ。わたしが認識しないものは存在しない。見る、そして見ることを避け得ない者こそ哀れなるかな！

ドイツ哲学のパロディーだろう。あまりにもバカバカしい。キーンはよほど家具が嫌いなようだ。こんな描写もある。

上着とチョッキを脱ぎ、椅子にかけ、そそくさとワイシャツの袖をたくし上げた。元来、衣服は軽蔑していた。だが、家具と対しているところでは防御用に常に身につけていた。やおらベッドに突進して、笑い、歯を剥き出した。夜ごと、その中で眠っていたにもかかわらず、見知らぬものに思えた。

キーンは服も軽蔑《けいべつ》していたらしい。しかし、ベッドからの防御のために着る選択をしている。それで防御できるようになったと言ってベッドに突進する。ベッドとの格闘はさらに続く。

ベッドの頭部を両手で摑んで、突いた。怪物は身じろぎひとつしない。猛然と肩で押した。よもやこれには堪まるまいな。微かにきしむ音がしたのみ。キーンを愚弄しかけていることに疑問の余地はなかった。

キーンにとって、ベッドは生物であり、人間を愚弄《ぐろう》するような存在である。本気でそう信じてしまっているのである。

文体に注目してみると、『眩暈』はここに引用したように短い文の連続が多い。短い文が連続すると、一般的に緊迫感が出る。緊迫感を出すことによって、人物たちの狂気の性格が滲《にじ》み出るようになっていることがわかる。

勘違いの応酬

この小説ではすべての人物が勘違いをする。テレーゼとキーンが結婚することになったのも勘違いからであった。

ある時テレーゼは、電車で子供と座席獲得争いをする。その時彼女は「子供はあとからってことを知らないのかしら」と発言する。「あとから」というのは、年長者に席を先に譲るべきという意味だが、それを聞いたキーンは夫婦間の子づくりだと勘違いしてしまう。

「総動員」という章では、キーンは、テレーゼが本を奪おうとしていると勘違いする。そこで門番に手伝ってもらって、あらゆる家具を外に積み上げて防御を固めたうえで、本棚の本たちに戦闘態勢を敷くように命じる。あらゆる本の背表紙を壁につけ、白い部分を前に出す。白い部分を前に出すと何の本だかわからなくなるが、それは戦闘態勢では個性は存在しないからである。このあたりの狂気は、第二次世界大戦直前であることを考えると、一応は時勢の風刺と捉《とら》えることもできるだろうが、極めてバカバカしい。

続く章「死」で帰宅したテレーゼは、本を反対に置き換えている途中に椅子から転落していたキーンを発見する。死んだと勘違いした彼女は、遺言書はないかと思って探し回るが、発見できない。そのうちに門番がやってきて、現場を発見する。すると門番は門番で、テレーゼがキーンを殺したと勘違いする。

ところがキーンはやがて息を吹き返す。テレーゼはすると、次のように言う。

「卑怯だわ！」金切声を上げた。「こんなことってあるかしら！　ちゃんとした人間《ひと》ならこんなことしない！　まあ、なんてこと、生き返るなんて！」

比較的長い内面描写も見てみよう。

血の染《し》みはとてもじゃないが落ちないのに。一体、どうしろというの？　ちっとはこちらの身になってくれたらどうかしら！　梯子もろとも倒れたのだわ。言った通り、夫は健康じゃない。興味ある男がひと目これを見てくれれば納得してもらえる。だからってあたし、嬉しがったりしない。あたし、そんな妻じゃないわ。死んだのかしら？　残念な気もする。あたしは梯子に上がって墜落死などしたくない。大体、こんな不注意ってあるかしら？　自業自得だわ。八年間もあたしは梯子に登って埃を払ってきた。でも一度も落ちたりしなかった。ちゃんとした人間ならしっかりつかまっているものだわ。なんてとんまかしら。もう本全部あたしのもの。書斎の分は半分方、逆さまにしてあるわ。これは大変な財産なんだとこのひとは言った。値段を知っているにちがいない。自分で買ってきたのだから当然だわ。あたし、死体には触れない。

ここからもわかる通り、『眩暈』の人物たちの思考はかなり偏ったものである。テレーゼは、夫が死んだと思っているのに、まず心配しているのは「血の染みが落ちないこと」であり、なぜ自分のことを考えてくれないのかと思っている。死んだことについては、残念でも悲しくもない。「嬉しがったりしない」というのは自己欺瞞《ぎまん》であり、本当は嬉《うれ》しいにきまっている。夫を「なんてとんま」と思いつつ、すべての財産が手に入るとの計算も瞬時に行っている。

本人たちは、自分の考え方についておかしいなどとはみじんも思っていない。カネッティがこの小説を通じて描き出して見せたのは、倒錯思考でありながら自分では正しいと思っている人たちからなる世界である。確かに私たち人間は自己中心的で利己的だし、思い違いも多い。だが、それでも自分だけは正しいと思っている。『眩暈』はそれを極端に誇張している。いくらなんでもここまで現実はひどくないとも思えるが、それは私たちがいまのところ平和な世の中に生きているからかもしれない。

『キャッチ＝22』との比較とユーモア

文体は異なるが、登場人物全員クレイジーという意味ではアメリカのブラックユーモアの傑作、ジョーゼフ・ヘラーの『キャッチ＝22』が近いかもしれない。『キャッチ＝22』の舞台は、第二次世界大戦中のイタリアで、主人公もアメリカ軍の爆撃機に乗るヨッサリアンである。物語は、ヨッサリアンを中心とするアメリカ空軍の人物たちを巡って展開する。多くの人物が登場するが、誰一人としてまともな人間はいない。

「ああ、たしかにいるとも」と、オアはヨッサリアンが将校クラブでアプルビーと殴りあいの喧嘩をしたあと、アプルビーの目のなかのハエについて断言した。「たぶんあの男は自分じゃ気がついていないんだろうがね。そのせいだよ、あの男がありのままにものを見ないのは」

「本人が気づかないのは、どういうわけだ」とヨッサリアンがたずねた。

「それは、あの男の目のなかにハエがいるからさ」と、オアは大袈裟に我慢づよいところを見せながら説得した。「なにしろ自分の目のなかにハエがいるんだからな、自分の目のなかにハエがいることをどうして見ることができる」

なるほど筋の通った話だと、ヨッサリアンはオアへの疑いを引っこめる気になった。

というのもオアはニューヨーク市からはずれた荒野の出身で、野生生物のことはヨッサリアンよりはるかによく知っていたし、ヨッサリアンの母親や、父親や、兄や、姉や、叔母や、叔父や、姻戚や、先生や、精神的指導者や、議員や、隣人や、新聞とはちがって、それまで決定的なことで彼に嘘をついたことはいちどもなかったからである。(『キャッチ＝22』上、飛田茂雄訳、ハヤカワ文庫、一九七七年)

ここでオアという人物は、アプルビーという人物の目の中にハエがいるなどと、明らかにおかしいことを述べている。ところがそれを聞いたヨッサリアンは、納得してしまうのである。人物全員おかしいので、おかしな会話を繰り広げているが、本人たちの中では当然のこととして成立している。まともでない日常がごく当然になっているように書くことによって、戦争の異常さを際立たせているのである。『眩暈』では、登場人物全員がおかしいのは共通している。しかし、各人物はそれぞれ、自分はまともで、他人はおかしいと考えている点は異なっている。

デタラメなことの応酬が書かれると、滑稽《こっけい》になるのである。おかしな人物が出てくると、つい「正常な」人物の視点から非難がましく書きたくなるが、そうするとまったくおもしろくなくなってしまう。『眩暈』や『キャッチ＝22』に比べるとおもしろさが足りない文例を一つ見よう。

森森《センセン》は頭上に、大きな鳥の巣みたいな蓬々たる髪を頂いているが、それは彼のだらしなさをよく物語っている。彼は着ているものも洗濯せず、風呂にも入らないので、臭くてたまらない。あるとき、ピアノの授業で、教授がしばらく鼻をつまんでいたくらいだ。その教授は温和な老婦人だったが、とうとう我慢しきれず、シャツを脱いで練習室から出ていくようにと命じた。一週間後、郵便物の係をしている女子学生が森森あての小包を受けとったので、みんなが見ている前で開けさせると、例の脱ぎ捨てたシャツが出てきた。老婦人の教授がきれいに洗濯して、ボタンまでかがってある。
（劉索拉『君にはほかの選択はない』新谷雅樹訳、新潮社、一九九七年）

「臭くてたまらない」描写からは、この小説の人物たちがみな風変りであることを表しており、『眩暈』や『キャッチ＝22』に似ている。しかし、風変り度合いが弱く、まだ現実に存在するレベルである。また『眩暈』や『キャッチ＝22』では、人物の「ありえない」言動に対して、別の人物も「ありえない」反応で応酬し、増幅されていく。しかし、この引用部分ではそうなっていない。森森の臭さに耐えられなかった老婦人の教授は、服を脱げと命じたあと、服を洗って返すという常識的な行為に及んでいる。ここでさらにありえない反応を示すことによって、笑いに変えるところまで踏み込めていない。

以上からもわかる通り、おかしさに対してはおかしさで応じた方が、滑稽さが強調されておもしろくなりやすいのである。漫才のような話し言葉の場合、「ボケ」に対して「ツッコミ」がくるが、これは音声や間を利用できるからで、書き言葉でおもしろくするのは簡単ではない。

それにしても、『眩暈』ほど狂気の応酬がなされるのは、極めて珍しい。若いころのカネッティは人類に絶望していたのだろうか。

【邦訳リスト】

『猶予された者たち』池内紀訳、法政大学出版局、一九七五年
『断想──1942‐1948』岩田行一訳、法政大学出版局、一九七六年
『耳証人──新・人さまざま』岩田行一訳、法政大学出版局、一九八二年
『眼の戯れ──伝記1931‐1937』岩田行一訳、法政大学出版局、一九九九年
『マラケシュの声　ある旅のあとの断想』岩田行一訳、法政大学出版局、二〇〇四年
『群衆と権力』上下巻〈新装版〉、岩田行一訳、法政大学出版局、二〇一〇年
『眩暈〈改装版〉』池内紀訳、法政大学出版局、二〇一四年

二章　ラテンアメリカと魔術的リアリズム

ガブリエル・ガルシア＝マルケス（一九八二年）

海外の文学は、その地域の事情に疎いからよくわからない、それゆえに読まない、という人もいるだろう。しかし実は逆に、その地域の事情に疎いからこそ、おもしろく読める場合も少なくない。

いかなる小説をおもしろいとするかは、様々あるだろう。ただ、誰でも知っていることをただ書いただけではおもしろくなりにくい。よく知られていることならば、その別の側面を描き出さなければ、文学にはならない。一方でまったく未知の世界に関する話はそれだけで興味深く、新鮮に感じる。

世界の文学に触れること、それもまったく異なる文化の小説を読むことは、新しい世界と出会うことであって、文字の中で世界旅行をするような楽しみがある。

二〇世紀後半、ラテンアメリカの文学が世界的なブームとなったが、その理由の一つには、未知の世界との出会いという要素も確実にあった。そこに語られる出来事は奇想天外で、人々の考えもまた、自分たちにとって一般的なものとは必ずしも一致しない。表現の方法も異なる。「世界の文学で新しい世界に出会う」楽しみとしては、なじみがない分、ラテンアメリカ文学やアフリカ文学、アラブ世界の文学などのほうがヨーロッパなどのものよりも大きい。

さて、そのラテンアメリカ文学ブームを代表するのがコロンビア出身の作家、ガブリエル・ガルシア＝マルケスである。ノーベル文学賞受賞作家の作品は、日本ではそれほど読まれているとはいいがたいものの、さすがにガルシア＝マルケスはよく知られた存在であろう。

その小説は抜群におもしろい。私も初めてその代表作『百年の孤独』を読んだときには、最初のページから度肝を抜かれ、読むのをやめることができなかったし、『百年の孤独』を原文で読みたいという思いからスペイン語をゼロから学習することになった。

ガルシア＝マルケスと『百年の孤独』に関する分析や紹介は、いろいろなところでなされているし、私自身もすでに何度か書いている。重複してしまうところもあるが、紹介していこう。

飛ぶように売れた『百年の孤独』

ガルシア＝マルケスは一九二八年にコロンビアのアラカタカ生まれ。ボゴタ大学を中退後、五四年に新聞「エル・エスペクタドル」の記者となった。五五年にローマに赴いた後、フランスに移り、五八年に帰国、六一年からはメキシコに移り住んだ。作家としては一九五五年に『落葉』でデビューする。六七年に代表作『百年の孤独』を世に出し、その「魔術的リアリズム」は世界的なブームとなった。

『百年の孤独』は、マコンドという村を創始したブエンディア一族の百年間を描いた小説である。一族の長、ホセ・アルカディオ・ブエンディアは、決闘で人を殺してしまい、元々いた村から出ていかざるを得なくなる。そこでジャングルを旅して土地を見つけ、新たな村マコンドを建設する。このマコンドと、ブエンディア一族を中心にして起こる様々な出来事の積み重ねから物語が展開する。膨大な数のエピソードが詰め込まれていくが、どのエピソードにも、通常の価値観からいえば「ありえない」話が目につく。伝染性の不眠症が流行したり、美女がシーツに乗って昇天したり、雨が四年十一か月と二日降り続いて、空気が水を含んでしまったために、空中を魚が泳いだりする。

『百年の孤独』では、このようにありえそうもないことが次々に起こる。そのありそうもない出来事の数々が第一の見どころである。ひとつひとつのエピソードが奇想天外でおもしろい。エピソードそのものがおもしろいのは、物語の王道である。この小説はラテンアメリカではホットドッグのように売れたと言うが、それはエンターテインメントとしても読めるからに他ならない。

日本の文学の伝統で、純文学というと、やたらと「思い悩む」系統の主人公が多いし、人生について何らかの真面目な考察がないといけないように思われているフシがある。そうなると、物語の醍醐味《だいごみ》である出来事そのものはささいなものであって、それほど魅力がない場合も少なくない。

一方、『百年の孤独』は、ほとんどが出来事で構成されている。人物の心理描写も、風景描写も非常に少ない。「何が起こったか」が最大の焦点であり、それが物語性を豊かにしている。

魔術的リアリズム

だが、単に奇想天外なエピソードが書き連ねられているだけでは、これほど世界で読み継がれることもなかっただろう。次に何が起こるかわかればそれで終わりの小説とは違う。書き方も斬新《ざんしん》だし、ユーモアもある。大量のエピソードの形で、戦争、愛、孤独、時間その他多くがぎっしりと詰まっている。そして、この『百年の孤独』とともに広がったのが「魔術的リアリズム」という手法である。

魔術的リアリズムという用語は、ドイツの芸術批評家フランツ・ローによるもので、一九二五年が初出である。しかし、この用語は美術の批評に用いられたものであり、文学の用語ではなかった。文学に使われるようになったのは、一九五〇年代半ばころからである。寺尾隆吉によれば、最初にこの言葉を文学に使ったと自称しているのはベネズエラ人のウスラル・ピエトリで、一九四八年のことだという。次に「魔術的リアリズム」という言葉を大々的に用いてラテンアメリカ文学を評したのがアンヘル・フローレスの「スペイン語圏アメリカにおける魔術的リアリズム」である。フローレスは、カフカが一九世紀的なリアリズムとエドガー・アラン・ポーなどの幻想文学を組み合わせる形での小説を書いたとし、これがアルゼンチンの作家、ボルヘスに大きな影響を与えたとする。そして、ボルヘスの『汚辱の世界史』が出版された一九三五年をもって魔術的リアリズムの出発点と考える。その特徴とは「ありふれたものや日常的なものを驚くべきものや非日常的なものに変形する」であるとした。

フローレスの評論の言う「魔術的リアリズム」は、今日一般的にいわれている魔術的リアリズムとは異なる。次に登場するのが、ルイス・レアルの評論「ラテンアメリカ文学における魔術的リアリズム」であり、この評論が魔術的リアリズムという用語の定着に決定的な影響を及ぼした。レアルは、フローレスの見解の紹介を行ったうえで、カフカやボルヘスなどは魔術的リアリズムではないと論じる。カフカの『変身』では、主人公のグレゴール・ザムザが虫になるという超現実的な出来事が描かれてはいるが、ザムザは自分自身が虫になってしまったという事実を受け入れることができないでおり、あくまでも超現実的なことが超現実的なこととして描かれている。ボルヘスの小説も同様に、幻想文学ではあるが、あくまで幻想として描かれているのであり、魔術的リアリズムではないとする。

その上で、魔術的リアリズムとは幻想文学でも魔法物語でもシュルレアリスムでもなく、「人間とその状況の間に存在する神秘的な関係を発見するもの」であり、現実そのものに立ち向かうものであるとし、代表的な作家としてウスラル・ピエトリ、ミゲル・アンヘル・アストゥリアス、アレホ・カルペンティエル、リノ・ノバス・カルボ、ファン・ルルフォらが挙げられている。このルイス・レアルの見解が、現在一般に考えられている魔術的リアリズムである。まとめて言えば、ラテンアメリカの現実自体が驚異的なものなのであり、その驚異的なる現実を描くもので、幻想を書くものではない。

より簡単に言うとすれば、「魔術的リアリズム」とは現代文明からするとありえそうにもない出来事（魔術的）を、ごく当然の事実として（リアリズム）書くことである。一例として、自殺したホセ・アルカディオの血が遠くまで流れていって母親のウルスラのもとに達する場面を見る。

ホセ・アルカディオが寝室のドアを閉めたとたんに、家じゅうに響きわたるピストルの音がした。ひと筋の血の流れがドアの下から洩《も》れ、広間を横切り、通りへ出た。でこぼこの歩道をまっすぐに進み、階段を上り下りし、手すりを這《は》いあがった。トルコ人街を通りぬけ、角で右に、さらに左に曲り、ブエンディア家の正面で直角に向きを変えた。閉っていた扉の下をくぐり、敷物を汚さないように壁ぎわに沿って客間を横切り、さらにひとつの広間を渡った。大きな曲線を描いて食堂のテーブルを避け、ベゴニアの鉢の並んだ廊下を進んだ。アウレリャノ・ホセに算術を教えていたアマランタの椅子《いす》の下をこっそり通りすぎて、穀物部屋へしのび込み、ウルスラがパンを作るために三十六個の卵を割ろうとしていた台所にあらわれた。

「あらぁ大へん！」とウルスラは叫んだ。（鼓直訳、新潮社、一九九九年）

『百年の孤独』では、出来事が中心に叙述され、「誰が、いつ、どこで、何をした」かが淡々と客観的に並べられていく。一方で、状況の描写や心理描写は少ない。このため、非常に速いスピードで物語が進行していく。また、詳細な情報が付け加えられることによってリアリティを出している。

引用した箇所では、血がまるで生きているかのようにウルスラのもとに到達している。「異常な」出来事であるが、それがごく当然のように書かれている。また、血の流れる経路が詳細に描かれているのもわかる。

『百年の孤独』に見られる魔術的リアリズムの特徴は、この詳細に語られる部分にある。例えば、単に「客間を横切り」ではなく、「敷物を汚さないように壁ぎわに沿って」という修飾語を加えられている。この詳細化によって、血がまるで意識を持って恭しくしているかのような様子が表される。また、台所に現れるシーンも、単に台所とは書かず、「ウルスラがパンを作るために三十六個の卵を割ろうとしていた台所」という詳細化がなされている。主語と述語が文の主要な情報であるとすると、修飾語というのは本来、背景的な情報である。しかし『百年の孤独』では、本来読み飛ばすはずの修飾語の位置に、膨大な量の物語が詰め込まれている。ガルシア＝マルケスはよくフォークナーと比べられるが、決定的な違いは簡潔さにある。フォークナーの人物は饒舌《じょうぜつ》にしゃべるが、『百年の孤独』は短い文の中に膨大な物語が詰め込まれているのである。また、修飾語や従属節は通常、前提とされる出来事が語られるが、その部分に「異常な」出来事が語られる。これによって、異常な出来事はあくまでもごく当然のことになる。

ここに描かれているのは、自殺した息子が、母親にその死を伝えることである。そこから読者は様々な感情も読み取ることができるだろうが、それは説明されてはいない。あくまでも出来事として伝えられるだけである。

円環的時間とフラッシュフォワード

小説に描かれる内容と、それを表現する技巧は、たとえて言えば料理の素材と調理法である。素材がよければ少々料理の腕が悪くてもおいしい食べ物ができるだろう。優れた料理人なら、まずよい素材を見つけてくるところから始めるに違いない。

小説でも、「何を描くか」というその描く対象を見つけてくることも、重要な技巧の一つである。ガルシア＝マルケスら、「魔術的リアリズム」の作家たちが注目したのは、ラテンアメリカの先住民の文化である。ヨーロッパ的教養を持った人たちにとって、異世界であるラテンアメリカの先住民の文化、考え方を「発見」し、取り込めたことが世界的なブームにつながったといえる。

『百年の孤独』に土着文化の要素は各所に現れているが、一つ特徴的なものに「円環的時間」が挙げられる。冒頭部分を見る。

　長い歳月が流れて銃殺隊の前に立つはめになったとき、恐らくアウレリャノ・ブエンディア大佐は、父親のお供をして初めて氷というものを見た、あの遠い日の午後を思いだしたにちがいない。

実に魅力的な始まり方である。まず、「長い歳月が流れて」という言葉から始まっている。これは、基準点から見て未来に起こる出来事を予告して語る技法で、フラッシュフォワードと呼ばれるものであるが、ここでは単に未来の時点を予告しているだけではない。「長い歳月が流れて」と言われると、その時間の流れの中で、実に様々な事件が起こったのだという感じがする。

そしてその次に、「銃殺隊の前に立つはめになったとき」という、衝撃的な言葉が続いている。アウレリャノ・ブエンディア大佐は、いずれ処刑されそうになるらしい。いかにも、クライマックスの場面になりそうだが、「〜になったとき」という従属節に埋め込まれていると、「処刑されそうになる」という出来事がこの物語世界では前提となって語られていることになる。最初の一文でクライマックスとおぼしき衝撃的場面が前提とされ、しかも予告されているのだから、読者の意表を突く。

また、これはフラッシュフォワードなので、読者はアウレリャノ・ブエンディアがやがて大佐になること、そして銃殺されそうになることを意識づけられて、物語を読み進めることになる。

次に、この文の後半部分を見てみよう。「父親のお供をして初めて氷というものを見た、あの遠い日の午後を思いだしたにちがいない」と語られている。読者は前半の文で遥か未来の時点に連れてこられていながら、この後半の文章によって、「遠い日の午後」、すなわち遥か過去へと送り返されてしまう。過去のことを語る技法を、フラッシュバックと言うが、この冒頭文では、フラッシュフォワードで未来に進めつつ、フラッシュバックで過去に連れ戻すというダイナミックな展開をしているのである。

この文章が不思議に感じられる秘密はまだある。いつの時点から見て「長い歳月」がたっているのかが不明確なのだ。語り手がどの時点を基準にして語っているかが、よくわからない。基準になっているのは、「アウレリャノ・ブエンディア大佐が銃殺隊の前に立つはめになった時点」と「父親に連れられて氷を見に行った時点」の中間あたりに置かれているように感じられる。

『百年の孤独』では、全体を通じてフラッシュフォワードがたびたび使用される。しかも、どこを基準にして語っているのかは不明確なまま進行する。これによって、時間がグルグル回っているような錯覚を引き起こす。そして、実はこの冒頭の一文は、この小説全体を通じて見られる「円環的時間」の予告になっているが、それは実際に読んで確かめてほしい。

ヨーロッパ的な哲学において、時間は直線的なイメージで捉《とら》えられてきた。キリスト教には終末思想があるから、時間は終末の瞬間まで、直線的に続いていく。同じ瞬間は繰り返されない。

ところが、ラテンアメリカの先住民族の時間観ではそうではない。時間は循環し、また元に戻ってくる。メキシコの国立人類学博物館に「アステカ・カレンダー」という巨大な円形の石でできたカレンダーが展示されている。中心には太陽があり、四つの四角形に囲まれている。四つの四角形は宇宙の四つの時代を表しているらしい。円形をしているということは、宇宙はまた元に戻るのだろう。

なお、ここでは「円環的時間」という土着の文化を技法に転換していることがわかる。描かれる内容と技巧を先には分割して考えたが、厳密に言えば両者は渾然《こんぜん》としたものなのである。

「円環的時間」は、『百年の孤独』以外にも、ルルフォの『ペドロ・パラモ』や、ボラーニョの『2666』などにも表されており、ラテンアメリカ文学の一つの特徴になっている。

冒頭の一文について最後に付言すれば、銃殺されようとする瞬間にアウレリャノが思い出しているのは、「父親と氷を見に行ったこと」である。我々の世界観では、わざわざ氷を見に行くことが、それほど重要なことのようには思われない。何か、特別な意味がありそうに思える。小説の展開面から考えると、このように冒頭で「特別な意味がありそうなこと」を配置することによって、読者の興味を引くことができる。「小説は冒頭が大事」というのは、よく語られるところだが、『百年の孤独』はそのお手本のような小説でもある。

「孤独」の描き方

ある小説について、それがどんな作品かを説明するとき、「テーマは何か」とか、「どのようなストーリーか」などといったことがまず言及されることが多い。ほとんどの小説は物語なので、ストーリーは当然のことながら大切な要素の一つであるし、テーマも重要である。歴代のノーベル文学賞を見ても、扱われているテーマは多種多様で、そこにまず注目するのは確かである。

しかし、あるテーマについて論述したいのであれば、ルポでもいいはずだし、研究論文でもいいし、新聞の論説のような形を取ってもいい。小説という形を取っている以上は、単に「何か言いたいこと」があって、それを言うだけでは不十分だし、ノーベル文学賞を受賞している作品は、その「何か言いたいこと」のみで受賞しているわけではない。

　小説化するとは、出来事に還元すること、描写に還元することであって、何らかのテーマを説明することではない。このため、テーマがはっきりした小説、言いたいことを一言で括《くく》れる小説というのは、たいていダメな小説である。上質な小説は、様々な要素が複雑に絡み合い、ひとつひとつの文にも見どころがあるから、取り上げる箇所によっても違う読み方ができるし、読む人によっても違ってくる。そういう小説は何度読んでも新たな発見がある。

『百年の孤独』もまさしくそのような小説で、読者によって読み方は大きく変わるだろう。その中で一つ私が個人的に取り上げたいのは、「孤独」についてである。タイトルに入っているくらいなので、「孤独」というモチーフはこの小説の中に随所に登場する。『百年の孤独』の「孤独」「はかなさ」の描き方は秀逸である。

『百年の孤独』は、一族の長、ホセ・アルカディオ・ブエンディアが決闘でプルデンシオ・アギラルを殺してもともと住んでいた場所にいられなくなり、逃げ出してマコンドの村をつくるところから始まっている。

　ホセ・アルカディオ・ブエンディアは、最終的に頭がおかしくなってしまうが、すると彼のところには、自分の殺したプルデンシオ・アギラルがやってくる。となれば、ホセ・アルカディオ・ブエンディアが罪の意識にさいなまれるシーンが描かれそうだし、プルデンシオ・アギラルの復讐《ふくしゅう》が描かれそうでもある。しかし、そうはならない。

熱に浮かされたような徹夜つづきで疲れきった彼は、ある朝、その寝室にはいって来た白髪のよぼよぼした老人がいったい誰なのか、見当もつかなかった。それは実は、プルデンシオ・アギラルだった。ようやく彼だとわかったとき、死人もまた年を取るのだという事実に驚きながらも、ホセ・アルカディオ・ブエンディアは全身をゆさぶられるような懐かしさを感じて叫んだ。「プルデンシオじゃないか！　こんな遠いところまでよく来てくれた！」死んでから月日がたつにつれて、生きている者を恋うる心はいよいよ強く、友欲しさもつのるばかり、死のなかにも存在する別の死の間近なことに激しい恐怖を感じて、プルデンシオ・アギラルは最大の敵である男に愛情を抱くようになったのだ。

仇敵《きゆうてき》同士なのに、二人は最終的に（一人は幽霊だが）愛情を感じることになっている。死者のプルデンシオは、死んでからもさらに年を取り、「死のなかにも存在する別の死」を間近に感じるというディテールが語られている（ちなみに、中国でも人間が死ぬと「鬼」

になり、「鬼」が死ぬと「聻《せき》」になるという話がある）。そしてそのプルデンシオは、「生きている者を恋うる心はいよいよ強く、友欲しさもつのるばかり」で最大の敵に愛情を抱く。死への恐怖、そしてその死を前にした人間の絶対的な孤独の表現は、『百年の孤独』の見どころの一つだろう。プルデンシオの訪れとともに、ホセ・アルカディオ・ブエンディアは気が狂ったと認定され、栗の木に縛りつけられることになる。

ではその一族の長、ホセ・アルカディオ・ブエンディアの死を見てみよう。『百年の孤独』に描かれる死はどれも印象的だ。ホセ・アルカディオ・ブエンディアは相変わらず栗の木に縛りつけられたままである。

ところが実際には、かなり前から、彼が何でも話し合えるのはプルデンシオ・アギラルだけになっていた。死を間近にしたはなはだしい老衰のために、彼の体はほとんどだめになっていた。プルデンシオ・アギラルが日に二度もやって来て、いろいろと話し合った。軍鶏《しゃも》のことも話題になった。そのころの二人にとってはどうでもよい勝負のためではなく、死んだあとの退屈な日曜日に少しは気晴らしになるだろうというので、みごとな軍鶏の飼育場を建てることを約束しあった。

（中略）

その男は、ビシタシオンの弟で、不眠症を恐れてここを逃げ出したまま、それっきり音信の絶えていたカタウレだった。ビシタシオンに戻ってきた理由を聞かれて、彼はその種族の重々しい言葉でこう答えた。

「王様の埋葬に立ち会うためだよ」

そこで一同はホセ・アルカディオ・ブエンディアの部屋へはいって行き、力いっぱい体をゆさぶったり、耳元でどなったり、鼻の穴の前に鏡をおいたりしたが、彼を目覚めさせることはできなかった。少したって、大工が棺桶《かんおけ》を作るためにサイズをはかっていると、小さな黄色い花が雨のように空から降ってくるのが窓ごしに見えた。それは、静かな嵐が襲ったように一晩じゅう町に降りそそいで、家々の屋根をおおい、戸をあかなくし、外で寝ていた家畜を窒息させた。あまりにも多くの花が空から降ったために、朝になってみると、表通りは織り目のつんだベッドカバーを敷きつめたようになっていて、葬式の行列を通すためにシャベルやレーキで掻き捨てなければならなかった。


このように、マコンドの創設者であるホセ・アルカディオ・ブエンディアは、最期には死者とのみ語らう状況になってしまう。それも、決闘の原因となった軍鶏《しゃも》の話だ。死に際して、プルデンシオ・アギラルと完全な和解をするのは、物語の円環的時間構造とも関係があるかもしれない。

そして、黄色い花の雨が一晩じゅう降り注ぐ。そのディテールの叙述が例によって「魔術的リアリズム」である。欧米の批評では、栗の木に縛られたホセ・アルカディオ・ブエンディアをキリストのイメージに重ね、「黄色い花の雨」を救いと復活の象徴と考えるむきもあるようだ。これはキリスト教的な解釈だが、その死に際してインディオのカタウレが戻って来て、「王様の埋葬に立ち会う」と言っているし、死後の世界観も、キリスト教的というよりはインディオ的のように思われる。

いずれにしても、街を埋め尽くす黄色い花の雨による埋葬シーンは、美しいというほかない。この他にも『百年の孤独』にはたくさんの死が描かれているので、比較してみるのもおもしろい。

ラテンアメリカの自伝文学

ガルシア＝マルケスの小説はどれも物語の醍醐味を味わうことができる。もう一つの代表作は『族長の秋』であるが、こちらは実験性が強く、ガルシア＝マルケスの小説では例外的に読みにくい。

もう一つ、自伝の『生きて、語り伝える』をお勧めしたい。自伝というのは、一般的には作家が自分の人生を振り返るものであって、基本的には事実が書いてあることになっている。だが、ガルシア＝マルケスのこの自伝は、小説と同様に奇想天外なエピソードと語り口であり、どこまで本当のことなのか疑わしく感じさせる。思い悩む系主人公の多い日本文学では、自伝も重苦しいものが多いので、それに慣れていると面食らってしまう。まさに異文化であり、こうした書き方もあるのかと驚かされる。

ラテンアメリカの作家が自分について語っているのは、信頼できないらしい。キューバの作家、カルペンティエルなど、本人はキューバ人と言い張っていたが、本当は両親がフランス人とロシア人で、スイス生まれであり、血統からいっても生まれからいってもキューバ人ではなかったという。

映画にもなった、キューバ人の作家、アレナスの自伝『夜になるまえに』などは、エピソードが突拍子もなさすぎるし、その語り口もすさまじい。日本の私小説などと比べてみるとよいだろう。

【邦訳リスト】

『予告された殺人の記録』野谷文昭訳、新潮文庫、一九九七年
『わが悲しき娼婦たちの思い出』木村榮一訳、新潮社、二〇〇六年
『コレラの時代の愛』木村榮一訳、新潮社、二〇〇六年
『百年の孤独』鼓直訳、新潮社、二〇〇六年
『落葉　他12篇』高見英一他訳、新潮社、二〇〇七年

『族長の秋　他6篇』鼓直・木村榮一訳、新潮社、二〇〇七年
『悪い時　他9篇』高見英一他訳、新潮社、二〇〇七年
『愛その他の悪霊について』旦敬介訳、新潮社、二〇〇七年
『迷宮の将軍』木村榮一訳、新潮社、二〇〇七年
『予告された殺人の記録・十二の遍歴の物語』野谷文昭・旦敬介訳、新潮社、二〇〇八年
『生きて、語り伝える』旦敬介訳、新潮社、二〇〇九年
『ぼくはスピーチをするために来たのではありません』木村榮一訳、新潮社、二〇一四年

三章　アラビア語圏のリアリズム

ナギーブ・マフフーズ（一九八八年）

ナギーブ・マフフーズは一九一一年、カイロ生まれのエジプト人作家で、アラビア語圏の作家として初めて一九八八年に受賞者となった。一九三〇年代から作品を次々と発表し、アラビア語圏の近代文学を大成したと評されている。二〇〇六年に死去と長生きで、その間に非常に多くの作品を発表し続けた。長編小説だけでも三十五に及ぶ。その代表作は『バイナル・カスライン』（一九五六年）から始まるカイロ三部作で、日本語訳ではそれぞれ『バイナル・カスライン』（新訳では『張り出し窓の街』）、『欲望の裏通り』『夜明け』というタイトルで出版されている。

多作の作家なので、年代によって作風は異なるかもしれないが、日本語訳されているものを見る限りはリアリズムの作家といっていいだろう。「リアリズム」とは何かはたびたび問題となるし、はっきりと定義づけできるものではないが、社会や人間、事件、歴史などを忠実に描くものであり、一種の「現実の文学への翻訳」と呼びうるようなものと私は考えている。奇想天外な物語や、幻想文学、実験小説などとの対比としてもリアリズムは考えられる。筋のおもしろさを追求するエンターテインメント的作品も、「リアリズム」にはならないことが多い。

おそらく、マフフーズの描くカイロは、非常にリアルなものなのだろう。人物、風俗、事件、人物の思考など、克明に描かれていて、奇をてらっている感じはしない。「リアルなのだろう」というのは、私はカイロに行ったことがなく、アラブ圏の文化にそれほど明るいわけではないからである。前述したように、しばしば、よく知らない地域の文学について、「知らないからわからない、ゆえに読まない」と考える人がいるようだが、私はまったく逆だと思う。知らないがゆえにおもしろい。特にマフフーズのように力量のある作家だと、エジプトでは日常的なことが書いてあったとしても、文化の違う私たちにとっては初めての出会いだから、新鮮に感じる。

マフフーズの描くカイロの風俗や人物は、それだけでも私たちには初体験であり、楽しみも大きい。そうした描写を読むだけでも価値がある。

外国文学を読む場合に、同国人と同じように読めるのか、という問いがしばしば発せられる。文化的背景や知識が違えば、同じ小説を読んでも感じ方は異なってくる。エジプト人が読むマフフーズと、日本人が読むマフフーズは異なるに違いない。しかし、エジプト人が読む読み方が正しいわけではない。日本人の読者としては、日本人の読者としてテクストと向きあえばいいのである。ごく一部の地域の人しかおもしろいと思えない作品は、ノーベル文学賞を受賞していない。

『バイナル・カスライン』のエジプトとマフフーズ

一八世紀のエジプトはオスマン帝国の支配下にあったが、一七九八年にナポレオンがこの地に遠征する。翌一七九九年にロゼッタ・ストーンが見つかったことはよく知られている。その後、フランス軍を掃討するために送られたオスマン軍の一人であったムハンマド・アリーがエジプトの支配者となった。これによって、ムハンマド・アリー朝（オスマンの版図の半独立国）ができあがるが、一八八二年にはイギリスの保護領にされてしまう。一九一九年にイギリスからの独立運動が起こり、二二年に一応は独立したが、名ばかりの状態であった。一九五二年にナセルが革命を行ってイギリスを完全に排除するとともに、ムハンマド・アリー朝も滅亡し、共和国となった。

マフフーズの父は下級の官吏で、裕福でも貧乏でもない中間層の出身であったという。年の離れた兄が四人、姉が二人いる。『バイナル・カスライン』には、女性を含めた家族の話が多く語られており、アラブ圏の家庭内部の話を、現地の人目線で読めるところに小説のおもしろさがある。

家はカイロのガマーリヤ地区というところにあった。この地区はエジプトの伝統を濃く残しているところで、作品中にも克明に描写されている。一九一九年に起こったイギリスからの独立運動と、それに伴う動乱を、当時八歳だったマフフーズも見ており、それもまた作品に取り込まれている。

マフフーズは一九三〇年にエジプト大学（現在のカイロ大学）で哲学を専攻、三四年には修士課程に入学する。アラビア語の小説自体、二〇世紀になってからようやく出て来たものであり、マフフーズの学生時代にはまだあまり一般的ではなかった。このため、西洋の小説を英訳で読んでいたという。

代表作のカイロ三部作は、一九一七年からスタートし、一九一九年のイギリスからの独立運動を経て、第二次世界大戦までを描く。第一作『バイナル・カスライン』で少年だった登場人物・カマールが第二部では青年になり、そこから第三部まで主人公となる。マフフーズと同じ年齢の設定で、自らの経験が大きく反映されているらしい。

本章では、『バイナル・カスライン』を中心に見ていこう。

構造とリアリズム文学の成否

エンターテインメント小説ではストーリー展開が重視される。いわゆる「文学」的な小説ではストーリーそのものがおもしろいものもあるが、「次に何が起こるか」を期待させるだけでなく、描かれる細部がおもしろくなければならない。

タイトルになっている「バイナル・カスライン」とは、「二つの宮殿の間」の意味で、通りの名前である。時代は一九一七年から一九年にかけて。カイロの旧市街に暮らすアフマド一家を中心とした物語である。物語は、一家のそれぞれの人物を中心とした日常生活や事件などの集積からできあがっている。七一もの章から構成されていることからも推測できるように、一つの大きなストーリーを語るというより、生活の断片を集めたような構成方法である。

生活の断片を集めた記述などというと、いかにも退屈そうに聞こえる。しかし『バイナル・カスライン』は退屈な小説にはまったくなっていない。それはいったいなぜなのだろうか。

リアリズム文学では現実的なことを題材とするが、ありきたりの素材を提示するだけではおもしろくならない。むしろ一般の人が思っているのとは異なる「リアル」を暴き出すものでなくてはならない。

小説が論文と異なるのは特定の人物を描き、特定の出来事を書くことであるし、また特定の視点から描かれる点にもある。どのような人物を配置するのか、出来事を書くのか、その細部がどうなっているのかが重要である。例えば二〇一六年に芥川《あくたがわ》賞を受賞した村田沙耶香の『コンビニ人間』では、コンビニでアルバイトをしている女性の視点から語られる。コンビニは日常的なものだし、その店員も日常的であるが、そこでアルバイトをしている女性の目線から物事を捉《とら》えることはあまりない。また、主人公もちょっと変わった人物で、現実にいるタイプではあるが、そうした人物の目線からものを見ることもあまりない。だから、非常にありふれた題材・人物であるにもかかわらず新鮮に感じられる。『バイナル・カスライン』のほうは、特定の人物目線から語るタイプの小説ではない。むしろ、いろいろなタイプの人物を配置し、複合的にカイロの市井を描く。ひとつひとつの描写がおもしろいし、会話も洒脱《しゃだつ》である。

多様な人物と多様なエピソード

『バイナル・カスライン』はアフマド一家を中心に、実に様々なタイプの人物が出てくる。こうしたタイプの小説では、人物を魅力的に書けるかどうかは非常に重要である。

一家の父、アフマドは商店を経営している。家の中では暴君であり、恐れられているが、外では比較的好かれている。洒落《しゃれ》っ気があり、遊び人で、夜遊びする。イスラム教徒だが、酒も飲む。人物を一面的に捉えるのではなく、様々な面を浮かび上がらせることが、リアリズムでは重要になる。

妻のアミーナは敬虔《けいけん》なイスラム教徒だが、旦那《だんな》から外出を許可されておらず、ずっと家の中にいる。一家には二人の娘、ハディーガとアーイシャがいる。ハディーガのほうは浅黒く、美人ではないが、アーイシャの方は色白の美少女である。

イスラム圏の女性がどのような人生を送っているのか、どのような考えを持っているのか、私たちはよく知らないが、この小説はそういうところに踏み込めている。

　また、三人の息子、ヤーシーン、ファフミー、カマールがいる。ヤーシーンはアフマドの前妻の子供で、九歳の時に読み書きもできない状態で引き取られた。小学校を十九歳でようやく卒業したと書かれている。ファフミーは十八歳で、隣の娘に恋をしている。三男のカマールは物語開始時点で十歳。いたずら好きであるが、成績は優秀。特に宗教の授業が好きで、覚えた内容を母親に語ったりもする。父はいたずら好きのカマールに厳しい態度で接する。このカマールがマフフーズ自身をモデルにしている人物であり、三部作の二作目、三作目と主要な人物となるが、『バイナル・カスライン』ではまだ中心人物とはいえない。もう一人、一家には四十代の女中、ウンム・ハナフィーがいる。

　物語前半、特に第一章から第九章あたりまでは、アフマド一家の日常的な描写が行われる。ここで登場人物たちの背景的な説明を行っているわけである。中心的なストーリーに対して、背景的なことを書くと、つい説明的になってしまいがちである。それも主要なストーリーに対して直接関係のあることだけを書いてしまう。上質な小説では、背景的な説明や人物の性格も、具体的な出来事として描写する。いかにも説明しているという感じがしないようにしなければならない。また、「真に迫る」ためには、どこかで読んだような人物にならないようにしなければならない。どこかで読んだような記述になってしまうと、作り物感が出てしまう。

その点、『バイナル・カスライン』の日常描写は非常に魅力的である。第一章は、妻のアミーナが夜遊びから帰ってくる旦那・アフマドの世話をするために起き上がるところからスタートする。彼女は結婚当初は文句を言うこともあったが、アフマドに怒られたことによって、従順な女性となっている。男が無条件の服従を要求し、それに服従することが、この時代のこの地域においては、比較的普通であったことがここからもわかる。

家を出ることが許されないアミーナの視点は、家の中、もしくは屋上から見た景色に限定される。視点をどう取るかによって、事物を新鮮に見せることが可能となる。例えば第六章ではアミーナ目線による屋上からの描写が行われているが、伝統的イスラム教徒女性の価値観からの描写となっている。家から出ないイスラム教徒視点の描写など、この小説以外ではなかなか読めない。なるほど、こういうとらえ方をするのだなあと興味深いところでもある。また、作品中、たびたび女たちが家の中で団らんする「コーヒーの座」の様子が描写されているが、こうした風俗もほとんど知らないことに気づかされる。視点の取り方しだいで興味深くなる好例である。

物語の冒頭、第一章はアミーナ視点で語られるが、第二章ではアフマド側から描写される。

一方旦那はいかめしさと厳しさを保つのに極めて熱心で、たまたま優しい言葉をかけることがあったとしても、それはうっかり漏らしたものであった。

こうして妻を前にして座っているとき、夜遊びの楽しい思い出が浮かび、唇いっぱいに微笑が漂うことがあるかも知れないが、たちまち注意力を取り戻し、唇を嚙みしめ、妻のほうを盗み見て、彼女がいつものように目を伏せたまま、彼の膝元にはべっているのを見て、安心して思い出の世界に戻った。（塙治夫訳、河出書房新社、二〇〇六年）

私たちの価値観からすると、「おいおい」と言いたくなるところだが、小説上は非難がましく書かれてはいない。夜遊びから帰ったアフマドが克明に描写されており、その詳細描写がたいへんおもしろい。献身的な妻の前でも夜遊びの楽しい思い出を浮かべている様子が実に詳細である。

ガルシア＝マルケスの「魔術的リアリズム」でも見たが、物事を詳細に書けば書くほど、真実らしく感じられる（嘘をつく人がリアリティを出そうとして普段よりも詳しく話しすぎ、逆にばれてしまうという話もよく聞く）。「魔術的リアリズム」の場合、その詳細な情報が奇想天外なものであった。『バイナル・カスライン』の詳細な描写は、たぶん奇想天外な驚くべきものとしては書かれていないのだが、価値観の違いから思わず笑ってしまうようなものも散見される。「夜遊びから帰ってきた旦那」の克明な描写は、ありそうでない。イスラム圏であればなおさらである。
女中のウンム・ハナフィーは太っているが、その太っている様子は次のように描写されている。

ウンム・ハナフィーは太っていて、体形は均整を欠き、はっきりしたくびれを持っていなかった。美的配慮を無視し、太るだけのためにどんどん肉がついていったのだ。もっとも彼女は肥満こそ最高の美と思っていたので、完全に満足していた。だからこの家における仕事のすべてが、彼女が作る美容の「秘薬」によって家族を、正しくはその女どもを太らせるという第一の義務に比べれば、ほとんど第二義的なものと見なされたとしても不思議ではない。

語り手はウンム・ハナフィーの体形について明らかにマイナスに評価しているが、一方の彼女の方はそう考えてはいない。肥満を最高の美と考え、別の女たちをも太らそうとしており、さらにはそれこそが最も重要な仕事と考えているのである。ただウンム・ハナフィーの考え方がおかしいと考えるのは早計で、別のところでも肉付きのよい女性が「美」とされているところがあるから、ある程度そういう価値観がこの小説世界にあると考えていいだろう。この小説では、価値判断が矛盾しているように思われるところもしばしば見受けられる。様々な人物の視点を採用していることもその要因である。

エジプト社会の恋愛模様

『バイナル・カスライン』では、各登場人物の恋愛模様も大きなウェイトを占める。しかしそれもまた西洋的なラブストーリーとはだいぶ様子が異なっているし、エンターテインメントにありがちな図式的なものとも異なっている。エジプト社会に存在した恋愛模様が、克明に描かれていく。

彼らは自由に恋愛することができないし、異性の姿を目にすることも簡単にはできない。例えば次男のファフミーは、隣に住む娘、マルヤムと結婚したがっており、そのことを母に打ち明ける。母はその願いを父アフマドに告げるが、アフマドは激怒する。というのも、ファフミーがマルヤムと結婚したがっているのは、彼女の姿を盗み見ているからに違いないからだというのである。そうでなければ、結婚したいなどと言い出すはずがない。ここからわかる通り、他家の娘の姿を盗み見るだけでも十分に破廉恥な行動なのである。

次女のアーイシャは美人で、なおかつ朝から化粧等に余念がない。家の外には出ないが、朝の出勤時間に窓から意中の士官が通り過ぎるのを見るのを楽しみにしている。わざと自分の姿が見えるようにしており、男の方も彼女を見る。

士官は、アーイシャに求婚するが、その前に縁者の婦人を客として一家のもとに送っている。おもしろいのは、婦人客は来訪の意味を一家に伝えないし、誰の縁者であるかも明らかにしないところで、一種の偵察のような行動になっている。士官がファフミーを通じて求婚してきて初めて、家族は先日の来客の意味を悟るのである。

だが、士官はハディーガとアーイシャを見たことがないはずなのに、なぜ姉のハディーガではなくアーイシャのほうに求婚するのか。彼女たちは理由を考えなければならなくなる。というのも、さもなければアーイシャがその姿を見られていることに父アフマドが気づいてしまうからである。

姿を見られないことが前提の社会なのに、美人でないハディーガはもてない。このあたり、平安時代の恋愛のようである。誰も見たことがないはずのかぐや姫に男たちがぞっこんになるのと同じで、みなアーイシャの方を好む。また、登場人物たちは恋愛を経ることなく結婚に至るが、その過程等もこの小説ではふんだんに描かれている。こうした婚姻形態は、近現代以前はどこでもあったものだろうが、この小説は近代小説の形で、しかもヨーロッパ貴族の話ではなくアラブ圏の庶民の話を書いているところが特徴的である。

長男のヤーシーンは、四二章から四四章にかけてで結婚することになるが、結婚式まで相手の姿を見ることができない。そこでまだ子供のカマールをスパイに送り込み、嫁の姿を知ろうとする。ヤーシーンとカマールの会話を見よう。

「その点はまんざらでもないか？　アーイシャみたいにお前の気に入ったかい？」

「とんでもない。アーイシャ姉さんのほうがずっときれいだよ」

「くたばりやがれ。ハディーガみたいだと言いたいんだな？」

「とんでもない。ハディーガ姉さんよりきれいだよ」

「ずっとか？」

彼は頭をふって考え込んだ。青年が待ちきれないようにきいた。

「どんな点が気に入ったか話してくれ」

「鼻は母さんの鼻みたいに小さいよ。目も母さんの目みたいだな」

「それから？」

「色白で、髪は黒く、とてもいい匂いがしているよ」

「それはありがたい。主が吉報をもたらしてくれたよ」


結婚相手を見たことがないのだから、それは容姿が気になる。ヤーシーンはどうしても知りたい。そこで、身近な女性と比較させている。もう結婚が決まっているのだから観念すればいいのだが、そうならないのが人情である。そのあたりはエジプト人も日本人も変わらないようだ。

ウィットにとんだ会話

『バイナル・カスライン』は、会話文も見どころである。

一家の長、アフマドは娘や息子の恋愛にも非常に厳格な態度で接している。ところが彼は外では放蕩《ほうとう》と浮気をくりかえす。その痴情の様子を息子に見られるシーンすらある。一四章では女歌手・ズバイダがアフマドの店にやってくる。アフマドはズバイダを見て「おいしいそうであり、すてきだった。間近に迫った冬の厳寒に震える者を暖めてやれるほど、肉と脂肪がたっぷりと付いていた」と感じる（こういう細かい描写もとてもよい）。


「砂糖とコーヒーとお米が欲しいわ。こういう品物が欲しいとき、人はお店なしにやってゆけて？（無頓着となまめかしさが混じった声音で）それに男たちときたら心の悩みごとより多いんだし」

旦那の胸の中で野心の扉が開いた。売買よりも重大なことに足を踏み出していることを感じ、抗議の言葉を口にした。

「男はみんな同じじゃありませんよ、スルターナ。米や砂糖やコーヒー豆がなければ、人は何もできないと誰が言ったんですか？　本当は、人に滋養も甘さも喜びもあるんですよ」

彼女は笑って尋ねた。

「人ですの、それとも台所ですの、それは？」

旦那は勝ち誇った口調で言った。

「近くから眺めると、男と台所のあいだには不思議な類似があるんですよ。両方とも腹に生命を与えているんですよ」


ズバイダは「男たちときたら心の悩みごとより多い」と、ふしだらな発言をする。これで浮気男の「野心の扉」が開いてしまう。

最後のアフマドのセリフでは、「男と台所のあいだには不思議な類似がある」と言って、それは「腹に生命を与えることだ」と、ウィットに富んでいるのか下品なのかよくわからないセリフを言っている。しゃれているようで我々の感覚ではちょっとずれているように感じる。

この後アフマドは、彼女から代金を受け取らずにタダで商品をあげてしまう。それに対して番頭が言う。


「この勘定の穴埋めはどうしたらいいでしょう？」

旦那は番頭ににこやかな視線を向けて言った。

「数字のところに、〝浮気によって傷《いた》んだ品物〟と書いてくれ」

それから帳場の机に向かいながら、

「アッラーは美しくましまし、美しいものをお好きなのだ」

「浮気によって傷んだ品物」という言い回しがオシャレだ。それに、最後はアッラーにかこつけている。なんでもアッラーのせいにするのは、イスラム圏の定番ジョークなのかもしれない。

『バイナル・カスライン』は、人物の性格がそれぞれはっきりと個性的に作られている。作家がよく、人物設定をしっかりするとキャラが勝手に動くなどといったことを言うが、この小説もおそらくそうなのだろう。この人物であれば、このシチュエーションでこう話すだろうというように作られていると思われる。

小説は人間が中心に描かれるものだが、リアリズム文学で重要なのは、観察である。キャラクターが個性的で人間味あふれるように書かれているのは、マフフーズの人間観察が巧みだからであろう。


【邦訳リスト】

『バイナル・カスライン』上下巻、塙治夫訳、河出書房新社、二〇〇六年
『シェヘラザードの憂愁　アラビアン・ナイト後日談』塙治夫訳、河出書房新社、二〇〇

九年
『張り出し窓の街』塙治夫訳、国書刊行会、二〇一一年
『欲望の裏通り』塙治夫訳、国書刊行会、二〇一二年
『夜明け』塙治夫訳、国書刊行会、二〇一二年

一九八〇年代のその他の作家

八〇年代、主に小説で受賞した作家は、ここまで紹介した三人のほかにも、八三年のウィリアム・ゴールディング、八五年のクロード・シモン、八九年のカミーロ・ホセ・セラがいる。

イギリス人のウィリアム・ゴールディングは『蠅の王』で特に有名で、日本でも広く読まれている。二〇一七年には新訳も出版された。飛行機が墜落し、少年たちが無人島に到着する物語である。少年たちは最初は協力的に生き延びようとするが、やがて野性に目覚めていく。ノーベル文学賞の中ではかなり読みやすい部類の小説である。

次のフランス人クロード・シモンは逆に、最も読みにくい作家である。一九五〇年代後半から六〇年代のフランスでは、新しい小説の形を追求しようと、従来のものとは異なる実験小説が次々に生み出されていた。その中でも、アラン・ロブ゠グリエや、クロード・シモン、ナタリー・サロートらの小説は、ヌーヴォー・ロマンと称される。ヌーヴォー・

ロマンのグループなら、ロブ＝グリエのほうが先駆的のように思うが、なぜかクロード・シモンのほうが受賞した。代表作に『フランドルへの道』『歴史』などがある。

カミーロ・ホセ・セラは、スペインの小説家。その作品に『二人の死者のためのマズルカ』などがある。「マズルカ」とは音楽の形式で、何度も繰り返されるものらしいが、本書でも複数の語り手によって、かつて起こったことが、もやのかかった記憶のように何度も語られる。土着的で猥雑《わいざつ》な世界が詩的な文体で何度も何度も語られる。その言葉の響きが素晴らしい。

こうして八〇年代の受賞者を振り返ってみると、フランス人、イギリス人、スペイン人が一人ずつ受賞しているように、やはりヨーロッパが強い。南米のガルシア＝マルケスもスペイン語で書いているし、ブルガリア出身の越境作家カネッティもドイツ語で執筆している。ただし、何らかの意味で他の作家にはない個性を持つ作家が並んでいることは確かである。

一九九〇年代

四章 「黒人」「女性」作家

トニ・モリスン（一九九三年）

アメリカの黒人はもともと、奴隷としてアフリカから連れてこられた人たちである。奴隷としての黒人は「物」であって、所有されるものであり、「人間」ではなかった。リンカーンの奴隷解放宣言があったものの、引き続き人種差別は当然のことのように残った。二〇世紀中盤以降は、キング牧師に代表されるように人種差別撤廃の運動が繰り広げられてきているが、現在でも根深く残っている。最近でも白人警官が黒人を殺し、デモが起こるといった事件もしばしば聞くところだし、トランプが当選した大統領選では、「白人至上主義」が改めてクローズアップされた。

差別されると、社会的に下層に置かれる。下層に置かれれば、いい教育も受けにくいし、犯罪者も増える。犯罪者が出ると、差別もまた繰り返される。こうした差別の構造的問題は、世界中どこでも見られる。アメリカの黒人差別は固有の歴史を持つものであるが、それを描くことは普遍的な問題を描くことにもつながる。

一九九三年に受賞したトニ・モリスンは、アメリカの黒人女性作家である。「白人」に対して「黒人」が置かれるように、「男性」に対して「女性」としても置かれるモリスンはいわば、この二つの抑圧される属性を持った作家であり、その作品も第一に「黒人」がテーマとなるし、そこに「女性」の要素が加わることも少なくない。本書で扱っている一九八〇年以降のノーベル文学賞では、それまでの「欧米」「白人」「男性」といったメインストリームの文学ではなく、むしろマイノリティーの声を表すもの、抵抗を描くものなどが多く受賞するようになったが、常に黒人をテーマに書いているモリスンなどは、そのわかりやすい例であろう。

ノーベル文学賞は、政治的であるとしばしば指摘される。だが、文学は社会の中で成立している以上、政治と無関係ではありえない。特に社会が安定していない場所や時代において、個人の運命は政治の影響を強く受けるものである。総論で引用したガルシア＝マルケスの言葉にも見られる通り、優れた文学は既存の価値観を破壊し、主流で抑圧的なものに抵抗する。

とはいえ単に黒人差別を告発するだけ、抵抗するだけでは文学として上質のものとはならない。モリスンの小説は、黒人の問題を主に描いているが、普遍的な価値を持っているし、何よりも小説としての完成度が高い。その理由は何か。ここでは、モリスン第三の長編小説『ソロモンの歌』（一九七七年）と、第五作『ビラヴド』（一九八七年）を中心に紹介していこう

地位を確立した『ソロモンの歌』

トニ・モリスンは一九三一年、アメリカ・オハイオ州生まれ。一九五三年にハワード大学を卒業、五五年にはコーネル大学で修士号を獲得した。その後、大学で教鞭《きょうべん》を執るなどし、その後出版社で働いていた。一九七〇年に第一長編『青い目が欲しい』を出版、七七年の第三長編『ソロモンの歌』では全米批評家協会賞を受賞する。その他の代表的な作品に『ビラヴド』『ジャズ』『パラダイス』などがある。テーマとしては一貫して黒人を書いているが、技法にも凝るタイプの作家で、一作ごとに語り方を変えている。とはいえプロットにもかなり気を使っているので、難解というほどではない。

まずは、作家としての地位を確立した『ソロモンの歌』から紹介していこう。

奪われた名前とアイデンティティの捜索

『ソロモンの歌』は、主人公ミルクマン（メイコン・デッド三世）が自らのアイデンティティを探す物語となっている。黒人は白人の歴史の中に組み込まれた存在であり、固有の歴史を持つことができなかった。それは本書における人物の名前としても表されている。

主人公のメイコン・デッド三世は、あだ名のミルクマンで呼ばれているし、親友で重要なキャラクターとなるギターも、子供のころにギターを欲しがったという理由でつけられたものである。本名のメイコン・デッドのほうも、白人に恣意《しい》的につけられた名前である。ミルクマンの祖父はもともと奴隷だったが、解放されて名前を登録する際、役人が酔っぱらっていて、「出身地はどこか」「父親は誰か」と尋ねた。ミルクマンの祖父は、その時、出身地を「メイコン」、父親は「死んだ（デッド）」と答えたため、その酔っぱらった役人はそれを祖父の名前として登録してしまった。ところが、祖父は文字が読めなかったため、誤りに気づかず、「メイコン・デッド」が名前となってしまったのである。

ミルクマンの叔母、パイロットの名前はキリスト殺害を命じた長官、ピラトに由来している。この名前も聖書の単語を適当に指したところ、ピラトにあたったためこの名前になった。

また、街でたった一人の黒人医師が住んだところを、黒人たちはドクター・ストリートと呼んでいた。しかし、白人側はこの呼び方を禁止し、メインズ・アヴェニューという呼び方を強制する。それから、黒人たちはそこをノット・ドクター・ストリートと呼ぶことになった。

以上のように、黒人たちの多くは名前が奪われている。名前が奪われていることは、そのアイデンティティが奪われていることを表している。奴隷であった黒人は、教育を受けることができなかったので、文字を持っていない。このため、一切の記録は残されておらず、ミルクマンは祖父の本名すらも知ることができない。曾《そう》祖父の代になると、まったくどのような人物か不明である。ミルクマンは自らの来歴を知らず、従って付随するアイデンティティも持っていないのである。

ミルクマンの祖父は、奴隷から解放された後、北部に来て農場を広げていたものの、白人に殺されたらしい。ミルクマンの父・メイコン・デッド二世とパイロットは、その父が殺された後、土地を失い、放浪をした。しかし、何らかの理由で仲たがいをしたらしい。メイコンは妹のパイロットを「蛇のような女」と呼び、激しく嫌っている。

物語の主要なプロットでは、成長したミルクマンが、父と叔母、祖父の歴史と秘密を解き明かしていく。その直接の契機になるのは、パイロットが持っているとされる金塊である。ミルクマンはそれを手に入れようとすることによって、メイコンとパイロットの仲たがいの理由や、祖父の本当の名前と来歴などが徐々に明らかにされていく。

このルーツ探しの重要な鍵《かぎ》となっているのが、小説冒頭でも出てくる「ソロモンの歌」である。黒人は文字を持たなかったために、歴史を持っていない。そこで重要になってくるのが歌なのである。

親友・ギターを巡るプロット

本作品のもう一つの主要なプロットは親友・ギターとミルクマンの関係と、それに付随する黒人の抑圧、および黒人による抵抗である。ギターは、「白人は異常なんだ。人種として異常なんだ」と考える。白人は、黒人を生得的に劣ったものと考えたが、ギターは逆に、黒人こそがまっとうな人間であり、白人は異常な存在なのだと考えるようになる。すべての悪いことの責任は、白人にあるというのである。

そしてギターは、七曜日という秘密組織に加わる。この秘密組織は、黒人が白人に理不尽に殺されると、同じような方法で同じ人数の白人を殺すテロを行っている。ある時、四人の黒人の少女が教会で爆破されて殺される。ギターは同様の方法で四人殺さなければならない。ミルクマンは、ギターが果たしてすでに人を殺しているのか、これから殺すのかを気に病む。

ある行き違いから、後半ではギターとミルクマンの関係に変化が生じる。ミルクマンのアイデンティティ探しに加え、ギターとの関係を巡るプロットが加わってくる。こちらのプロットではミルクマンは追われる側になる。捜索と逃亡が組み合わされてくるのである。

プロット作成と人物の役割

さて、以上のように『ソロモンの歌』には大きくいえば二つのプロットがある。小説などの物語で読者は、Aということが語られれば、必然的にその帰結であるBが語られることを期待する。逆に言えばBを期待させると、先が読みたくなる。さらに、Aで語られた謎Bが解決することによって、今度は謎C、D、Eが生まれるというように、複雑に出来事が絡み合っていく方がおもしろくなる。トニ・モリスンはこの展開の作り方が非常にうまい。

「黒人のアイデンティティ」の問題を、主人公ミルクマンの父、叔母、祖父らの過去に転換しているが、叔母のパイロットには特に謎が多い。多くの謎を提示しておいて、ミルクマンにその謎解きの旅に出させている。さらに、親友のギターのプロットが絡み合い、緊張感のある展開となっていく。特にクライマックスは非常にスリリングである。

ミルクマンが自らのアイデンティティを探すのは、現在の自分からの「飛翔《ひしょう》」を目指すからであるが、それは同時に「黒人が飛翔できるのか」というモチーフとも深くかかわっている。アメリカにおける黒人問題という重いテーマを見事にプロットに落とし込んでいるのである。

その展開の作りに付随するのが、人物の役割である。

黒人と白人の問題を描くために、モリスンは様々なタイプの黒人を配置する。ミルクマンの父、メイコン・デッド二世は、父親を白人に殺されたにもかかわらず、白人主導の世の中に自らを順応させている。不動産を所有し、部屋を黒人に貸しているが、家賃の取り立ては厳しい。「金だけがこの世にある本当の自由」であると考える。

社会的に差別され、抑圧される存在である以上、メイコンのように「金がすべてを解決する」という方向に行く人たちがいるのは、想像に難くない。また、メイコンは白人からすれば迫害される黒人の一人ではあるが、貧乏な下層の黒人との関係では支配する側の人間である。そうした黒人から見れば、メイコンは黒い皮膚を持ってはいるが、白人側の属性を持った人間になる。支配される側の人間のうち、抵抗をあきらめて支配する側につくものがいるのは、どこでも同じである。そのほうが現実的な生き方だともいえる。

ミルクマンもまた、父の仕事を手伝っているうちに、貧しい黒人を抑圧する側の人間になっていく。父親と同じような人間になろうとしているのである。一方で、抑圧されている人たちが、過激な抵抗運動に身を投じる場合がある。テロリストがその代表だが、『ソロモンの歌』では、ミルクマンの親友、ギターがこの役割を担当している。

パイロットは兄と仲たがいしているため、ミルクマンはギターに連れられて彼女のもとを初めて訪れることになる。ギターとパイロットの関係もプロットに大きく関係してくる。そのパイロットは若いころに娘、リーバを産んでいるが、その父は不明。その娘も若くして娘のヘイガーを産んでいるが、父親はやはり不明である。ヘイガーはミルクマンと恋仲になるが、捨てられてしまう。ここでモリスンは、「白人」に対する「黒人」、「男性」に対する「女性」を抑圧される側として配置しているのである。

物語では、役割が先にあって、その役割を埋める人物が造形されることが多い。推理小説であれば、探偵、犯人、疑わしい人物、被害者、ライバルの探偵など、一定の役割があることを思い浮かべればわかりやすい。『ソロモンの歌』も、プロットを展開させるための役割が先にあって人物が配置されている。ただ、それが自然に感じられるようにしなければならない。特に、ステレオタイプの人物像になってしまうことを避けなければならない。『ソロモンの歌』の人物配置も、よく見るとプロットに従って図式的に設計されているが、それを感じさせていない。

それは、黒人差別を直接扱う話ではなく、「探す、謎を解く、逃げる」といった、別のタイプの物語に変換しているからだろう。そちらのほうが目につくため、盛り込まれている重いテーマが説明的ではなくなっているし、説教臭くもなくなっている。

超現実的な要素

また本書は、プロットの味付けとして超現実的な要素が織り込まれており、それが単なるリアリズムを超えたおもしろさにつながっている。超現実的といっても、ガルシア゠マルケスのような奇想天外な出来事を書き込んでいくというより、モリスンのものはホラーに近い。おそらく黒人文化を参照しているのだろう。

その中心はパイロットである。パイロットはへそがないという身体的特徴を持ち、その母とのつながりが断ち切られている。また、ミルクマン誕生のきっかけを作ったのもパイロットである。メイコンとその妻ルースは肉体関係を失っていたが、パイロットが魔術を使うことによって、二人がセックスし、子供ができる。兄のメイコンと別れることになったある事件でパイロットは、父親の幽霊が語りかけるのを聞く。

またパイロットはなぜかある男の骨を自宅にぶら下げているが、この骨もプロット上非常に重要である。パイロットはそれに、自分の父親の霊の声をも聞いている。こうした要素も、プロット上の謎を生み出す仕掛けになっており、飽きさせない。ミルクマンが祖父の軌跡を探す旅に出ている際にもそれは現れる。旅の途中で出会う老婆・サーシが出てくるところなどは、超現実的である。

物語終盤はホラーにも近く、背筋が寒くなるようにも感じる。ラストシーンは自由を巡るメタファーとなっているが、これをどう読むかは、読者に任されている。

以上、『ソロモンの歌』は、多数の人物を配置し、細かいエピソードの数々を複雑に絡め合う小説で、黒人生活・文化のディテールのおもしろさと、謎を小出しにしていくストーリー展開のおもしろさを兼ね備えている。三作目にして、非常に完成度の高い作品である。

『ビラヴド』

第五長編『ビラヴド』になると、さらに円熟味が増している。物語の現在は一八七三年。リンカーンの奴隷解放宣言が一八六二年、南北戦争の終結が一八六五年なので、その八年後である。まず、冒頭部分から引用しよう。

一二四番地は悪意に満ちていた。（太字は原文ママ）赤ん坊の恨みがこもっていた。その家に住んでいる女たちはそのことを知っていたし、子供たちだって同じだった。何年ものあいだ、それぞれが、その悪意にじっと耐えてはきたものの、一八七三年には、まだ残っていた被害者はセサと彼女の娘デンヴァーだけになっていた。（吉田廸子訳、ハヤカワepi文庫、二〇〇九年）

『ビラヴド』は、超現実的な要素を主要なプロットに入れ込んでいる。主人公の元逃亡奴隷女性、セサの住んでいる家は、赤ん坊の幽霊にとりつかれているのである。

「一二四番地は悪意に満ちていた」という書き出しは、読者の意表を突く。番地と悪意という感情の取り合わせが普通ではないからである。普通ではない情報をいきなり先頭に持ってこられると、びっくりさせられる。さらに、「赤ん坊の恨みがこもっていた」という。悪意の理由は赤ん坊の恨みだと言うのだが、超常的な話を最初に持ってこられると、目が覚めるように感じられる。しかもきちんと主人公のセサを提示し、物語の現在がどの時点であるかもこの段落で明らかにされているので、情報量としても理想的である。

しかし、この赤ん坊が誰なのか、なぜ幽霊としてとりついているのかについては、ほとんど説明されない。大きな謎を出しておいて、それを解決することなく残し続けるのは、読者を引き付ける工夫の基本であるが、本書では「赤ん坊の霊」が最大の謎として提示されているのである。

このセサのもとに、かつて同じ農場で奴隷をしていたポールDが訪ねてきて、恋人関係になる。ポールDはここで、赤ん坊の霊を家から追い出してしまう。すると、ビラヴドと名乗る謎の若い女が、セサのもとに現れる。ビラヴドが現れる章は次のように始まる。

盛装した女が、水の中から上がってきた。（太字は原文ママ）
乾いた川土手にたどり着くか着かないうちに、坐り込み、桑の木に寄りかかった。丸一昼夜そこに坐ったまま、頭をがっくり幹にもたせかけていたので、麦わら帽子の縁が折れて破れていた。

この章が始まるまで、この謎の女が現れる兆候は一切語られていない。ページを開くと突然示されるのである。しかも、女は水の中から出てきて、なおかつ盛装しているというのだから、奇抜である。このように『ビラヴド』は、ほとんどの章で奇抜な新情報をいきなり提示し、それを後から説明する形を取っている。これによって、物語展開にメリハリが生まれている。

謎の女の正体は不明である。ただ、セサを求めているらしいことだけはわかる。ポール

Dは彼女が気に入らず、追い出そうとするが、逆にセサの家にいられなくされてしまう。セサの娘、デンヴァーはそれが追い出された赤ん坊の幽霊に他ならないと考える。この家にとりついていた赤ん坊の幽霊、そしてこの若い女の正体は、少しずつ示唆されていくが、決定的ではない。これも読者を引き付ける。

その謎を解く鍵となるのが、ある新聞記事である。主人公セサの過去にまつわる重大な事実が、この新聞記事に隠されている。なお、この記事は一八五六年に起こった実際の事件をモチーフにしており、モリスンはそこから着想を得たようである。

ホラー的要素

謎の女・ビラヴドはその正体が不明であり、霊的な存在であることが明らかである。このため、ホラー的な要素もある。ポールDが彼女を問い詰めるところを見よう。

「誰があんたを、ここに連れてきてくれたのかって、わしは訊いたんだよ」
「ここまで歩いてきたのよ」彼女が言った。「ナガイ、ナガイ、ナガイミチヲ。ダレモアタシヲツレテコナイ。ダレモアタシヲタスケナイ」

ビラヴドのセリフは、ミステリアスであると同時に、怖さを感じさせるものになっている。彼女の正体に感づいているデンヴァーとの会話も見よう。

「彼女に言っちゃだめ。母さんに、あんたが誰だか知らせちゃだめ。お願い、いいわね」
「あたしに指図しないで。ぜったいに、ぜったいに、あたしに指図なんかしないでよ」
「でも、あたしはあんたの味方よ、ビラヴド」
「目あてはあの女。あの女が、あたしが必要としている女。あんたはいなくなっても
いいけど、あの女は、必ずあたしのものにしとかなくちゃ」彼女の瞳は、これ以上大き
くなりようもないくらいまで大きく見開き、明けることのない夜空のように黒かった。

ビラヴドの目的は、セサであるらしい。いったい、セサに何をしようとしているのだろうか。その理由は何なのだろうか。とりついて殺そうとでもしているのだろうか。ビラヴドが現れる理由や、ビラヴドに対するセサの態度ほか、この小説では肝心なことが語られずに進んでいく。巧みなストーリーテリングである。

過去の記憶

セサたちの過去に、その秘密が隠されていることは明らかである。謎をたくさん提示しておいて、その理由の説明を過去のエピソードを追加することによって明かすことはよく

使われる手法で、エンターテインメントなどでも「ついに明かされる過去！」のような宣伝文句がよくつけられる。ただ、こうした構造を取る場合、どうしても過去のエピソードは説明的・要約的になりやすい。謎解きをするのだから説明的になるのは仕方がないかもしれないが、説明している感じが強すぎると、おもしろさが半減してしまう。漫画やドラマなどでも、謎の作り方はものすごくおもしろいのに、過去語りによる謎解きのところがそれほどでもなくなってしまうものが少なくない。謎は設定するよりも解くほうが難しいともいえる。

『ビラヴド』でも、たびたび過去の記憶が挿入される。セサの夫の母、ベビー・サッグスは八人の子供を産んだが、父親は合計六人もいる。これはかつて、黒人奴隷にとって出産は家畜の繁殖も同然のことであり、白人の財産を殖やす行為でしかなかったためである。それゆえ、産んだ子供を手元に残すことはできず、ほとんどは売られてしまう。黒人に「愛」は許されていなかったのである。ベビー・サッグスの母も、アフリカから連れてこられたが、殺されている。

その他、セサがかつて奴隷をしていたスイート・ホームでの凄惨《せいさん》な物語が少しずつ語られていく。その際、現在のセサの状態を単純に説明する形にしてはいない。過去のエピソードもきちんと場面として描いている。過去のエピソードについても、説明するのではなく、場面として示さなければならないのである。

過去の出来事が挿入されるので、いよいよビラヴドの正体はわかるのだろうか。しかし、そこは巧妙にも、直接つながる情報は極力抑えられている。その過去の物語が背景となって、後半につながる仕掛けになっているのである。

内面表出の強度と「愛」

後半部分ではいよいよ少しずつ謎が解かれていくのだが、その際、非常に巧みなのが内面の表出方法である。すでに述べたように、小説では人物の内面や感情をどれだけ描くかは重要な問題である。

二〇世紀の文学では、内面の表し方も大きく発展した。ここでジェイムズ・ジョイスの『ユリシーズ』から、一例を挙げよう。

雲がしだいに太陽を覆いはじめ、すっかり隠しきり、湾をかげらせ、いっそう深い緑に変えた。苦い水をたたえたボウルが目の下にある。ファーガスの歌。ぼくは家のなかで一人でその歌を歌った。長いくぐもる和音をおさえながら。母の部屋のドアをあけておいて。ぼくの歌を聞きたがったから。ぼくは怖れと憐れみに打たれて、黙ってベッドのそばへ行った。母はみじめなベッドのなかで泣いていた。あの言葉がね、スティーヴン。愛の苦い秘儀のことどもにっていうのがね。

いまはどこに？（傍線は著者による）

引用部分の最初では、三人称による客観的な記述が行われている。その風景から登場人物のスティーヴンは、「ファーガスの歌」を連想する。すると、破線で示したところでは、一人称の語りになっている。ジョイスはこのように三人称の客観的な地の文の中に、一人称の語りをそのまま埋め込んだ。これを「自由直接話法」、もしくは「内的独白」と呼ぶ（なお、「内的独白」という用語は、フランスの作家、ヴァレリー・ラルボーが『ユリシーズ』出版の宣伝にあたって行った講演で使ったのが最初で、ジョイス自身が提案したものだといわれている。実際にはより複雑なものだが、詳しくは拙著『越境する小説文体――意識の流れ、魔術的リアリズム、ブラックユーモア』水声社、二〇一七年を参照していただきたい）。

さて、ここの破線部分で、スティーヴンは母親のことを思い出しており、その感情が表されている。さらに、改行して「今はどこに？」と続く。この最後の「今はどこに？」では、感情はそれほど強く表されてはおらず、抑えられて読者に伝えられる。感情は抑えられて伝えられるほうが、実際のところ感銘を引き起こしやすい。このように人物の感情の表出は、ほんの少しだけ見せることもできるし、心の中に深く入り込んでいくこともできる。

ジョイスやウルフ、マンスフィールドなどの作家は、話法の間接度を自在に駆使したが、『ビラヴド』が巧みなのは、それらに学びつつ、小説展開にも応用している点である。

前半から中盤にかけて、セサの内面の叙述は微妙にしか語られない。彼女が何を考えてビラヴドらに対しているのかがよくわからないのである。このさじ加減が重要で、セサたちの気持ちは描写から見えるか見えないかくらいにしてある。挿入される奴隷時代の記憶も、つらいものではあるが、それについて現在どう考えているかはあまり明らかにされない。特に、この物語の核心に迫る事件については、客観的な記述にとどまり、セサの内面はほとんど叙述されない。

そして、セサらの内面、感情が物語の進展につれて徐々に強く表出されていく構造になっている。いきなり強い感情をつきつけられると、読者は煩わしく感じてしまう。だんだん内面に入っていくように書かれているので、読者もだんだんと内面に入っていくことになり、共感しやすい。そして最終局面で核となる事件が明らかになると、セサ、ビラヴド、デンヴァーの内的独白、つまりは一人称による内面語りが行われる。先ほど見たジョイスの例では、一段落の中に三人称の客観的な地の文と一人称の語りが混ざっていたが、『ビラヴド』では内面を明らかにしない三人称の語りが続いた中で、徐々にそれが明らかにされていき、最後に一人称の内的独白につなげているのである。

つまり単純に過去の出来事の謎を解くだけでなく、徐々にその内面の秘密も明らかにしていく。中盤まで内面が隠されているからこそ、後半の感情表現が効果的になり、読者の気持ちをもグイグイ揺さぶられることになる。『ソロモンの歌』にはなかった「母」や

「愛」がそこに織り込まれていくのである。

この物語は、奴隷制から解放されたころの黒人を中心としている。それまで、黒人に「愛」は許されず、繁殖しか許されなかった。解放されたことによって、彼らは人間的な愛情が許されることになる。『ビラヴド』は男女や親子の愛を獲得する物語であるといえる。黒人たちが、人間としてアメリカで生き始める物語でもある。

ポールDは次のように言う。

「おまえとおれ、おれたち二人は誰よりも、たくさんの昨日を背負ってる。おれたちにだって明日が要るんだ」

「人から人へ伝える物語ではなかった」

全体のエピローグにあたる最終章は、ヴァージニア・ウルフ的な叙情的で詩的な文で閉じられている。そこでは「人から人へ伝える物語ではなかった」という言葉が何度もリフレインされる。本書に語られているような黒人の物語は、語らなければ歴史の中で抹消されてしまうような出来事なのである。『ビラヴド』はフィクションであり、事実ではないが、語られず、抹消されてしまった過去の出来事が膨大な数存在していることをこの最終章は確認しているといえよう。
こうした文体はリズム命のところがあるので、できれば最終章だけでも英語で読みたい。圧巻である。

時がたてば、痕跡《こんせき》は残らず消えていく。忘れられていくのは足跡だけでなく、水も、それから水の中の風景も。後に残るのは天候。思い出されず説明されずにいるものの息ではなく、軒端《のきば》をかする風か、早すぎるほどの速度で解けていく春の氷の気配。気候だけ。もちろんキスをせがむ騒々しい声もない。

ビラヴド。

詩的な文章では説明しすぎないことが重要だが、本書をきちんと読み進めると、この最後の「ビラヴド」の持つ意味の広がりがわかるだろう。

【邦訳リスト】
『ビラヴド　愛されし者』上下巻、吉田廸子訳、集英社、一九九〇年
『青い眼がほしい』大社淑子訳、ハヤカワepi文庫、二〇〇一年

『ラヴ』大社淑子訳、早川書房、二〇〇五年
『ソロモンの歌』金田眞澄訳、ハヤカワepi文庫、二〇〇九年
『スーラ』大社淑子訳、ハヤカワepi文庫、二〇〇九年
『パラダイス』大社淑子訳、ハヤカワepi文庫、二〇一〇年
『ジャズ』大社淑子訳、ハヤカワepi文庫、二〇一〇年
『ホーム』大社淑子訳、早川書房、二〇一四年
『神よ、あの子を守りたまえ』大社淑子訳、早川書房、二〇一六年

五章　「情けないオレ語り」と日本文学

大江健三郎（一九九四年）

現時点において日本語での文学で受賞しているのは、川端康成と大江健三郎の二人である。本書の目的は、優れているわりに日本でそれほど読まれていない外国文学を取り上げることにあるが、さすがに大江に触れないわけにもいかないだろう。

日本人作家だけあって、本書で取り上げている作家の中ではよく知られているし、戦後文学最大の作家などと称されることもある。評論や研究書も数多く出ている。ここでは『個人的な体験』と『万延元年のフットボール』を取り上げて論じてみよう。

『個人的な体験』

一九六三年、大江の長男が知的障碍《しょうがい》を持って生まれた。これを題材として書いたのが長編小説『個人的な体験』（一九六四年）である。初期の大江は、それほど複雑でないことを難しい漢語などを駆使したり、大げさな比喩《ひゆ》表現を使ったりして仰々しく書くことがよくあるが、『個人的な体験』はそれが顕著である。難しい言葉を覚えたての高校生や大学生は、あえてこういう仰々しい文を書きたがったり、大げさな比喩を使いたがったりするもので、私も高校生の時初めて読んだときには、こういう文章をいいものだと思って、真似をした覚えがある。

まず冒頭から見ていこう。

鳥《バード》は、野生の鹿のようにも昂然《こうぜん》と優雅に陳列棚におさまっている、立派なアフリカ地図を見おろして、抑制した小さい嘆息をもらした。制服のブラウスからのぞく頸《くび》や腕に寒イボをたてた書店員たちは、とくに鳥《バード》の嘆息に注意をはらいはしなかった。夕暮が深まり、地表をおおう大気から、死んだ巨人の体温のように、夏のはじめの熱気がすっかり脱落してしまったところだ。誰もが、その皮膚にわずかにのこっている昼間のあたたかさの記憶を無意識のうす暗がりのなかで手さぐりする身ぶりをしては、あいまいな嘆息をもらしている。六月、午後六時半、市街にはすでに汗をかいているものはいない。しかし、鳥《バード》の妻は、ゴム布の上に裸で横たわり、撃たれて落下する雉《き》子《じ》のように眼を硬くつむって、体じゅうのありとある汗穴から、厖大《ぼうだい》な数の汗粒をにじみださせ、痛みと不安と期待に呻《うめ》き声をあげているだろう。（新潮文庫、一九八一年）

主人公の鳥《バード》は、今まさに妻が出産を迎えようとしているが、書店でアフリカの地図を眺めている。この作品中、アフリカは妻や子供から解放され、自由になる場所とのイメージで捉《とら》えられるが、冒頭の段落で早くも、想像上のアフリカと出産間際の妻が対比的に登場している。

それにしても、かなりクセのある文体である。アフリカの地図は「野生の鹿のようにも昂然と」陳列されているし、空気は「死んだ巨人の体温のように」「熱気がすっかり脱落」している。気温が低くなっているとか、寒くなっているとか、素直な表現ではない。

このようにわざと難しい言葉を並べていると、意識過剰な感じがする。意識過剰文体である。『個人的な体験』は、主人公である鳥の過剰なる意識が中心となっているので、大江の他作品に比べても意識過剰な文体となっているのだろう。そういう意味では、主人公の内面が地の文に滲《にじ》み出ているともいえる。テーマと関連しているからよいが、一般的にはこのような過剰な比喩は陳腐になりがちなので、避けた方がいいとされる。一つだけ出てくると陳腐だが、全体をそれで塗り固めてしまうと通用してしまう例かもしれない。

鳥は、子供が生まれる前から、すでに思い悩んでいる。父となって自由が束縛されることに恐怖を抱いているようである。そこへ、生まれた新生児の異常を知らせる電話がかかってくる。病院に行くと、子供は脳に異常があるらしい。障碍を持った子供を、育てるよりはむしろ死んでくれた方がいいと鳥は考えることになる。療養中の妻には会わず、子供の異常についても伝えない。代わりに、大学の同級生であった火見子のもとを訪れる。火見子とともに、鳥は、アフリカに現実逃避に行きたいと考えるものの、最終的に異常のある子供を受け入れることになる。そこまでの思い悩む様子が描かれていく。

思い悩む主人公と自意識過剰

高校の国語の教科書には、定番教材と呼ばれるものが三つある。芥川龍之介『羅生門』、森鷗外『舞姫』、中島敦『山月記』である。三つに共通するのは、主人公が思い悩んでいる点である。『舞姫』は、エリート街道を進んできて、ドイツにまで留学してきたのに、当地で恋愛に心を奪われてなおかつ妊娠までさせてしまったが、それでもやはり日本に帰らなければならない、どうしよう、という太田豊太郎の情けない悩みが書かれている。『山月記』は、自意識の過剰から虎になってしまう男の話である。芥川の『羅生門』は、下人が飢え死にするか、それとも強盗に身をやつすか悩んでいるところを描いている。その自意識は直接的には描かれていないが、伝統的には作者・芥川の失恋問題と結び付けられ、その自意識の問題として読まれることも多かった。

これらは、単に主人公(もしくは作者)が悩んでいるという点において共通しているだけではない。エリート男性の自意識であり、「苦悩するオレ」という点において共通しているのである。これらの小説では、『舞姫』の豊太郎に代表されるように、「情けないオレ」が表出されていく。しかし実のところ、エリートとしてのプライドを保っている。とすれば、「情けないオレ」語りは、自己卑下のポーズを行っているだけであり、要するに自己愛の表れなのである。「どうせ俺なんて」と言うとき、自分が優れていることも同時に言いたがっているのだ。

　教科書の定番で三つも見せられるくらいだから、こうしたエリート男性による「情けないオレ」語りは、日本で典型的な文学となっていると言っても過言ではないように思える。そう洗脳されているものだから、高校生のころは私も文学というのは自己の悩みを書いていく（その実自己愛を表現している）ものだと刷り込まれていたように思う。

『個人的な体験』もこの系譜に連なる。三人称の語りではあるものの、主人公・鳥の「情けないオレ」語りとなっている。しかも、その「情けないオレ」は自己の内部で完結させることができない。他者は常に「情けないオレ」を暴きに来るかのようであるし、鳥は他者に向けてその「情けないオレ」をアピールしなければならないかのようである。

　まず、鳥はゲームセンターに行き、竜の刺繍《ししゅう》のジャンパーを着た若者グループに割り込んで腕力や牽引《けんいん》力を試すゲームをし、その数値に愕然《がくぜん》とする。運動不足はわかっているはずだし、若者の不良グループに割り込んでいかなければならない理由は何もないはずだが、ここで情けない数値をたたき出し、なおかつその若者にボコボコにされることによって、「情けないオレ」語りが完成しているのである。

次に、鳥は大学教授をしている妻の父のもとに行き、そこで予備校での教え子に会う。教え子は言う。

「いいえ、先生、勉強にむだはありませんよ、なにひとつ覚えなくても、それは勉強なのだから！」

鳥《バード》は嘲弄《ちょうろう》されたように感じて険しい眼で学生を見かえした。しかし学生はその大柄な全身でもって鳥《バード》に好意を示そうとしているのだった。鳥《バード》は、その男が、定員百人のクラスでもきわだって愚鈍な生徒だったことを、明瞭に思いだした。そのような生徒だからこそ、いま限りなく単純かつ陽気に二流の私立大学へ裏口入学したことを鳥《バード》に報告し、あわせてむなしかった予備校での授業に感謝しているのだ。

ひどい言いようである。教え子が感謝を示していても、「きわだって愚鈍」だったからそんなことを言うのだと、卑下する。次に、火見子に会い、ウイスキーを紅茶のようにガブガブ飲み始めると、彼女を前にして次のような思考を始める。

もういちど火見子と、あの冬の真夜中の強姦の劇をくりかえすことができるのなら、と鳥《バード》はうらめしい思いで考えた。しかしそういうことはできはしない。これから彼女と性交することになったにしても、その性交は、かれが今朝、服を着がえようとしてチラリと見た瘦《や》せた雀みたいな性器につながっているし、出産の際のしにものぐるいの拡大からのろのろと収縮しつつある妻の性器につながっている。瀕死《ひんし》の赤んぼうにつながり、この現実世界のありとある期待はずれでいまわしく、他人どもがみな協定してそれを知らないふりをすることをヒューマニズムとよんでいる、人間の猥雑《わいざつ》な悲惨につながっている。欲望の昇華どころかスクラップ化だ。鳥《バード》はウイスキーを呷《あお》って生暖い内臓をびくりとおののかせた。

「情けないオレ」による自己語りには、他者はない。すべては自己完結する自己卑下である。ここでは火見子を強姦《ごうかん》することを考えるが、そこから自分の「瘦せた雀みたいな性器」を思い、卑下している。見事なダメっぷりである。

この後、鳥はウイスキーの飲み過ぎにより、予備校の授業で吐いてしまい、一部学生の糾弾を受けることになる。

それから鳥《バード》は両膝《りょうひざ》をついてくずおれ、泥まみれの床に蛙《かえる》のように指をひろげた両掌をついて、呻きたてながら吐きはじめた。鳥《バード》は、嘔吐する猫さながら、首をまっすぐつきだして吐いていた。内臓をよじられ搾《しぼ》りあげられるので、巨大な仁王の足に踏みしだかれて、むなしくじたばたする小《ち》っぽけな鬼みたいな様子でもあった。せめてのことに鳥《バード》はユーモラスな吐き方を試みたかったのだが、実際にかれがやっているのは、まさにその逆だ。ただ、吐瀉物《としゃぶつ》が舌の根を浸して逆流するとき、それは火見子の言葉どおり確実にレモンの味がしたので、鳥《バード》はこれこそ地下牢《ちかろう》の壁に咲いたスミレだと考えて、余裕をとり戻そうとした。

鳥はなぜか障碍のある子供の誕生を「恥辱」と考えている。そこに他者の介在はない。本当は誰も鳥のことを「恥辱」とは考えていないのにもかかわらず、「恥辱」を受けていると考え、他者に向けて発信してしまう。典型的な自意識過剰である。

自意識過剰は高校生や大学生のときなどになりがちだから、若者小説になっているといえる。『個人的な体験』はその仰々しい文体と情けないオレ語りによって、いわば中二病の親玉のようになっている。青春は誰でも一度は通り過ぎるのだし、この種のテーマは普遍的なような気がするのだが、よくよく海外文学を見てみると、意外に取り扱われていない。内面を描くものは少なからずあるのに、「情けないオレ」の自己語りが前面に出ている小説は世界的に見てそれほど多くないようで、本書で取り扱っている八〇年代以降にノーベル文学賞を取った作家の作品でも、部分的に見られる程度である。

もう一つ、日本文学ではよく出てくるのに、海外の文学ではそれほど見られないものに、

「自殺」がある。いや、「自殺」自体はどこの国の文学にも出てくるが、基本的には理由のわかりやすい自殺である。一方、日本文学ではしばしば、なんだかよくわからない自殺者が出てくる。村上春樹の『ノルウェイの森』などもその典型であろう。『個人的な体験』でも、火見子の夫は自殺したことになっているが、特別追い詰められていた様子はない。なんとなく死んでいる。どうも、自意識過剰の自分語りの延長線上に、特に理由のない自殺があるようだ。

カズオ・イシグロは、欧米人が「日本人＝自殺」と思っていることを利用して最初の小説『遠い山なみの光』の中にそのモチーフを組み込んだと言っている。欧米では（中国でもそうだが）自意識過剰および理由のない自殺は日本的なテーマと考えられているようである。

観念的構造

構造を見てみると、『個人的な体験』は、主人公鳥の「情けないオレ」の自意識から出発して、ほとんどすべての人物がその自意識に都合のいいように作り出され、配置されているように思われる。ある意味、鳥以外の人物は独立した主体ではなく、観念的に鳥の自意識から構成されているようになっている。

まず、子供の脳に異常があることを知らせる医師は、その子供についてクスクス笑う。

脳ヘルニアの症例を実際に見ることができて僥倖《ぎようこう》であるとさえ言う。この医師は、子供の誕生について鳥に恥辱を与えるとともに、鳥が子供の死を願う心理の罪悪感を和らげるために造形されている。鳥を殴る若者や、予備校で糾弾する学生も、鳥に恥辱を与える役割が先にあって、そこから配置されているように感じられてしまう。

火見子は、鳥の告白の聞き手としての役割から造形されている。彼女はなぜか鳥をそのまま受け入れるし、簡単にセックスまで許す。鳥にとってまったく都合のいい存在になっており、まさしく都合のいい人物として妄想され、作り上げられている。その意味で、独立した主体として十分に描かれていない。

一方、妻の存在はこの小説において希薄である。本来、子供の誕生は夫婦の問題であるが、あたかもそれは鳥一人の問題であるかのようである。

『個人的な体験』は、私には図式的にすぎるように思われる。テーマを伝えるために都合よく作られた感じがしてしまうのだ。もちろん、抽象的な観念から出発して人物を配置していく方法を、作家はよく取っているが、その痕跡《こんせき》が気にならないように描けているほうがよい。その点、欠点の少ない小説とは言いがたい。前章で見たトニ・モリスンの『ソロモンの歌』でも、構造を観察すると、テーマに沿って都合のよい黒人が造形されていることを見たが、こちらは自然になっている。おそらくその差は、人物がきちんとした「人格」を持っているように感じられるかどうかではないかと思われる。

この数年後に書かれた『万延元年のフットボール』のほうは、やはり代表作とされているだけあって、より自然で、ダイナミックな小説になっている。

『万延元年のフットボール』

『万延元年のフットボール』とは、殺害した敵の首の髑髏を蹴《け》とばして羞恥《しゅうち》する話である。と、タイトルから私は想像した。同様に思う人は少なくないようだから、たぶんそのようなグロテスクな印象を持たせることを意図しているのだろう。一九六七年発表で、ガルシア＝マルケスの『百年の孤独』と同じ年である。

物語は、語り手＝主人公である蜜三郎《みつさぶろう》の友人が顔に朱色の塗料を塗り、肛門《こうもん》に胡瓜《きゅうり》を詰め込んで縊死《いし》したところから始まる。肛門に胡瓜を突っ込んだまま首吊《くびつ》りをするとは高等技術だ。普通は取れてしまうから、裸の首吊り死体と床に落ちた胡瓜が残るに違いないと思うのだが、そういうことは大江文学は考えないし、この情景もユーモアとして提示しているわけではないようだ。例によって、意味不明の自殺者からのスタートである。

蜜三郎の弟、鷹四《たかし》は一九六〇年の安保闘争に参加した学生たちのみによって構成される劇団に参加し、アメリカに行っている。この劇団は安保闘争から、立場を転向しているという。蜜三郎の妻、菜採子《なつみこ》は障碍児を出産した後、ウイスキーにおぼれる生活になっている。

友人の縊死後、鷹四が帰国する。蜜三郎と菜採子が空港に迎えに行くと、鷹四の信奉者だという若者も二人、やってきている。鷹四は学生運動で「活躍」したらしい。帰国した鷹四は、アメリカで会った同郷の男に、実家の倉屋敷を売る話を持ちかけられたという。蜜三郎らの実家は、大江の出身地と同じく四国の山間《やまあい》に設定されている。蜜三郎らは、倉屋敷売却を見届けに、四国の村に向かうことになる。

ここで問題になってくるのが、タイトルにある万延元年である。万延元年は西暦でいえば一八六〇年で、鷹四の参加した安保闘争から百年前に当たる。一八六〇年といえば、桜田門で大老の井伊直弼が殺害される年だが、この時、蜜三郎の実家のあたりでも一揆《いっき》が起こったという。その指導者だったのが、蜜三郎らの曾《そう》祖父の弟である。一揆の参加者の多くは、後に処刑されたが、曾祖父の弟は生き延びたとの噂がある。鷹四は、この曾祖父の弟について詳しく知ろうと考える。

やがて鷹四は、百年前をなぞるかのように、村の若者を組織しはじめ、騒動を巻き起こすことになる。その標的となるのが、村の経済を取り仕切っているスーパー・マーケットと、その経営者であるスーパー・マーケットの天皇と呼ばれる人物である。スーパー・マーケットができることによって、それまでの個人商店が大幅な打撃を受けたことはよく知られているが、六〇年代はスーパー・マーケットが新しい経済、そして資本家の象徴となっていたことがわかる。

このスーパー・マーケットの天皇と呼ばれる人物が、蜜三郎らの実家を購入した資本家である。

エンターテインメント的構造

観念から出発している『個人的な体験』とは異なり、『万延元年のフットボール』はプロットの作り方にエンターテインメント的要素を取り入れており、大江の小説では読みやすい部類になる。文体も『個人的な体験』よりは素直である。

ここで言うエンターテインメント的要素とは、平たく言えば「謎」を残して引っぱり、それらが複数絡み合うような展開のことで、読者は先が気になって読み進めたくなる。『万延元年のフットボール』では、まず蜜三郎らの兄の死を巡る謎がある。蜜三郎、鷹四ともに兄が殺されたことは覚えているが、その記憶は錯綜《さくそう》している。朝鮮人部落との抗争で殺されたことは確からしい。そこで、谷間の村の若者と、在日朝鮮人グループとの対立があることが明らかにされる。鷹四は、「谷間の青年たちは、指導者なしでは、何一つちゃんとしたことをやれないんだよ。曾祖父さんの弟のようなタイプの人間が出てこなければ手も足も出ない」と言い、自らがその存在、つまり谷間の青年グループの指導者となり、闘争を仕掛けようとする。

その闘争を仕掛けられる主な相手がスーパー・マーケットであり、スーパー・マーケットの天皇である。スーパー・マーケットの天皇は、在日朝鮮人であり、経済的にのし上がった存在であることが明らかになる。スーパー・マーケットの天皇は鷹四から倉屋敷を買い取るが、鷹四はその金を使って闘争を仕掛けていく。

スーパー・マーケットの天皇は、序盤からその存在が明らかにされるが、物語終盤までその姿を現さない。言及されはするが現れないことによって、それが最後のボスであることになり、緊張感が高まる。

さらに、百年前の一揆の謎がある。鷹四は、一揆の指導者であった曾祖父の弟の軌跡をなぞっていくかのようであるし、蜜三郎はその兄、つまり曾祖父の役割を果たしているかのようである。百年前に、本当は何があったのかという謎も、絡み合わされている。

一九六七年という時代

外国文学の場合、文化や歴史が異なるため、日本人の立場から見ると新鮮に読むことができることを述べてきた。その点、日本文学の場合には、地理的な距離はない。しかし、時間的距離のある作品を読むと、現在と同じようなところもあれば、大きく変わっていることもある。そうした時間的な距離を楽しむこともできるだろう。

大江とは関係ないが、先日、小津安二郎の映画『秋刀魚《さんま》の味』を見た。一九六二年の映画だから、『個人的な体験』の二年前、『万延元年のフットボール』の五年前で、ほぼ同時代といっていい。「老い」と「孤独」がテーマとされていて、確かにそうなのだが、そこに描かれている出来事や観念、言葉遣いなどがあまりにも現在と異なっていて、むしろその点のほうがおもしろかった。

『秋刀魚の味』は結婚がテーマとなっているが、結婚観念の違いは驚くほどだし、冒頭から現在ならセクハラ発言の目白押しである。男性の優越が現在よりも顕著である。今でも男性の優越は糾弾の対象となっているが、それでもずいぶんましになっていることがよくわかる。言葉遣いも現代とは大きく違うし、アパートに住み、核家族化し、月賦で冷蔵庫を買うのが最新だったころの映像とはこういうものかと思った。

　一九六七年といえば、世界的に見ると中国の文化大革命開始の翌年であり、パリの五月革命や、日本の全共闘運動の前年に当たる。私の父親くらいの世代の青春時代で、私の世代以降にとってはもはや歴史である。資本家に対する鷹四の闘争が、単なる暴徒化に陥り、組織内部での権威主義・総括につながっていくさまは、その後の全共闘の動きをなぞるかのようである。そして大衆はあっという間に資本家に従ってしまう。その点、国家規模の暴動、上からの暴動であった文化大革命とは大きく異なる（ちなみに中国では、打倒される側の悲劇はさかんに描かれてきたが、打倒する側の視点で描いたものはほとんどない。傷跡が大きすぎることもあるだろう。さらにいえば、毛沢東を中心とする上層部についてはタブーで、その失敗が文学で描かれることはほとんどない）。

朝鮮人差別がこの時点において描かれている点も、興味深い。朝鮮人グループは、差別されている存在であるが、それをはねのけて資本家になるものが現れる。また、日本人側にも、戦争と支配による贖罪《しょくざい》の意識があったことも同時に描かれている。

また、四国の田舎にまでスーパー・マーケットができ、経済が大きく変わっているところも描かれている。正月の餅《もち》も、昔なら家でついていたが、もはやスーパーで買う時代になったのである。日本が、地方も含めて「現代」になろうとしているところなのであり、実家の倉屋敷が解体され、土蔵がスーパーに改装された点は、その象徴でもある。

蜜三郎は、土蔵がスーパーになったという話を聞いて異和感(原文ママ)を覚える。それは旧《ふる》い社会が新しくなることに対するものである。だがその蜜三郎も、異和感を覚えると同時に餅を買うし、郵便局で東京から送ってもらった「楽便器」なる商品を受け取りに行く。この「楽便器」なる商品が当時最新のものとされているのが今読むとおもしろい。

小荷物の内容は、妻が雑誌の広告欄で発見して東京の実家に依頼した「楽便器」という器具だ。カタログによれば、それは底の無い椅子のごときものである。「楽便器」を普通の便器の上に載せれば、使用者は洋式便器をもちいると同じ姿勢で、膝に負担をかけず排泄することができる。妻は、それをジンに贈って巨大な肉体の重みが彼女にもたらしているであろう排泄時の苦役から「日本一の大女」を救済することを思い

ついたのだ。（講談社文芸文庫、一九八八年）

おそらく大江は意図していないと思うが、便器の話をこんなに仰々しく書かれると、滑稽《こっけい》である。

一九六〇年代は戦争が終わって、一段落がつき、新たな節目を迎えるところであって、その時代の若者と社会の様子を四国の農村に落とし込んでおり、大江の代表作とされるのはよくわかる。ただ、結末部分は少し雑なのではないかと私は思うが、いかがだろうか。なお、『個人的な体験』ほどではないが、語り手の蜜三郎にも、少し「情けないオレ語り」をするところがある。いくつか描かれる自殺のモチーフと合わせて、海外からは「日本的」と見なされるのだろう。

一九九〇年代のその他の作家

九〇年代には他にも、九一年のナディン・ゴーディマ、九八年のジョゼ・サラマーゴ、九九年のギュンター・グラスが小説家として受賞している。

ナディン・ゴーディマは南アフリカの女性作家である。一貫して南アフリカの政治的な現実を書いてきた。代表作は『バーガーの娘』などだが、ノーベル文学賞では珍しいほどストレートなリアリズムである。正直言って私はおもしろいとは思わない。九一年といえば悪名高い人種隔離政策アパルトヘイトの廃止が宣言された年で、ゴーディマの受賞はそれを記念するものであろう。

九八年のジョゼ・サラマーゴはポルトガルの作家。ポルトガル人の受賞は、現在までのところサラマーゴ一人である。『白の闇』は、突然人々の目が見えなくなる話、『あらゆる名前』は名前がなくなる話、『複製された男』はある日自分とまったく同じ人間を見つける話で、日本の作家で言えば安部公房などに近い作風である。ストーリーとしてもおもしろいので、『白の闇』『複製された男』は映画化もされている。

ギュンター・グラスは戦後ドイツを代表する作家。『ブリキの太鼓』などでよく知られている。三歳で自ら成長をやめた主人公、オスカルの目線から戦争が語られる。ナチスは決してヒトラーが単独で悪いのではなく、民衆の中から生まれたことを下の目線から語っている。

二〇〇〇年代

六章　中国語としての表現の追求

高行健（二〇〇〇年）

中国では、中華人民共和国となった一九四九年以降、文学は政治に奉仕するものと考えられた。小説も演劇も映画も、共産主義的価値観を一般大衆に広めるためのものとなり、国家の考え方に合わないものは排斥されることとなった。特に一九六六年から十年間にわたって続いた文化大革命の時期の中国では、非常に限られた作品しか創作することも読むことも不可能であった。

文化大革命が終結し、七七年になると、中国でもそれまで禁止されていた書籍が販売されるようになる。この時の様子を、現代中国を代表する作家、余華《よか》は次のように書いている。

文化大革命が終結し、毒草と見なされた禁書が改めて出版された。トルストイ、バルザック、ディケンズらの文学作品が最初に我々の町の書店に並んだときの反響は、現在で言えばスター歌手が田舎町に登場したようなものだった。人々は走り回って情報を伝え合い、首を長くして到着を待った。我々の町に届く図書の数量には限りがあるので、書店は告示を出した。行列して整理券を受け取ること、整理券は一人一枚、一枚で二冊まで購入可能。（『ほんとうの中国の話をしよう』飯塚容訳、河出文庫、二〇一七年）

文字通り、中国人たちは文学に飢えていたのである。日本は飽食の時代であるが、飽書の時代でもある。好きな時に好きな本が読めるから、飢えは感じたことがない。だが、禁じられているると読みたくなるのが人間である。

また、七八年以降、共産主義的価値観には合致していない西洋の文学が大量に翻訳され、読まれるようになった。それまでほとんど読めなかったわけだから、それは衝撃的なものであった。七八年に発行された雑誌『外国文芸』の刊行の辞には、外国文学が読めるようになった喜びがほとばしっている。なおこの号では、巻頭の川端康成『伊豆の踊子』に続き、サルトル『汚れた手』、ジョーゼフ・ヘラー『キャッチ＝22』が翻訳されている。

こうした新奇な外国文学は、十把《じっぱ》一絡《ひとから》げで「現代派」と呼ばれることになった。「現代派」の輸入に伴って、中国の作家たちはさかんにそれらを模倣し、新たな創作を開始することになった。

二〇〇〇年にノーベル文学賞を受賞した高行健は、この時期の中国において比較的早く「現代派」の創作手法を分析し、創作に取り入れた作家の一人であった。一九八〇年から雑誌連載した理論書『現代小説技巧初探』（八一年に単行本化）では、集中的に西側の小説技巧を分析・紹介し、西側の技巧を学ぶべきか否かに関する論争を巻き起こしている。

初期には西洋文学の影響を受けた当時の中国としては新しい手法を使った小説や、サミュエル・ベケットの不条理劇に影響を受けた実験演劇を書いていた。しかし、その姿勢には政治的批判がなされ、八〇年代中盤からは作品が発表できなくなってしまう。八七年にドイツに招かれると、そのままフランスに移り、とどまっているうちに八九年の天安門事件を迎えることになる。この時、高行健はアメリカの劇場の要請を受けて天安門事件に取材した戯曲『逃亡』を書くが、このせいで中国に帰国できなくなり、現在までフランスに滞在している。国籍もフランスになっているが、その作品は基本的に中国語で書かれており、中国語文学最初のノーベル文学賞作家ということができる。

天安門事件に取材した戯曲を書いているという点から、受賞当初はその政治的立場が注目されたし、受賞も政治的理由ではないかと憶測された。が、これも例によって作品を誰も読んでいない中での報道である。

実際には、『逃亡』を除くと、高行健は政治的主張が強い作家ではない。中国語としての表現を追い求めた小説や、禅の思想を取り入れた演劇などが多い。『逃亡』も実のところ中国政府を非難するような内容にはなっておらず、むしろそうしたものを含めた「政治」からの逃亡が書かれている。

私は個人的に中国文学が専門なので、高行健の作品はあらかた読んでいるが、お勧めしたいのは短編小説「おじいさんに買った釣り竿」（短編集『母』に収録）と、長編小説『霊山』である。どちらの小説も文体が魅力的である。

先に述べた通り、高行健は一九八〇年代の中国において、早いうちに外国の実験的な小説を自作に取り込んだ作家であった。しかし小説は創作であるから、単に外国のものを模倣するだけではおもしろくないと、作家も読者も考えてしまう。影響を受けたうえで、新たなものを生み出したくなるものだ。

そこで高行健が着目したのは、中国語の特徴である。中国語は、時制も格も形にしては表さない。また、句点にしても読点にしても、どちらでもいい場合が少なくない。言い切りの形と、接続の形の区別がないのである。こうした西洋文法からすると奇妙な特徴を持つ中国語は、西洋的な価値観から見ると非論理的であいまいに見えるように思われる。高行健は逆に、そのあいまいにできる性質を利用し、中国語としての表現を追い求めることを考えた。こうして生み出されたのが、「言葉の流れ」という手法である。「言葉の流れ」について、高行健は次のように述べている。

中国語は西洋の分析的な言語にくらべて、主語の人称と時制の形態にそれほど多くの制限がなく、人の意識の活動を表すときの言語使用には融通が利く。時には融通が利きすぎて、思考の短絡さや語義の曖昧《あいまい》さなどを生んでしまいがちだ。私はずっと現代人の豊富な感覚を表すよりふさわしい中国語を求めてきた。一連の中短編小説を書き、「おじいさんに買った釣り竿」にいたってようやくその兆しが見えた。現実、追憶と想像は中国語の中でみな語法の観念を超えた永久の現在性として表される。すなわち時間の観念を超えた言葉の流れ、思考と感覚、意識と無意識、語りと対話と独言、どれも自分の意識の異化であるとはいえ、私は静観に訴え、どれも西洋の小説のような心理分析や語義の分析的な方法をとらず、みな言葉の線状性の流れの中に統一した。私の長編小説『霊山』の形式と構造はこの種の叙述の言葉から導き出されているのである。（高行健『没有主義』、訳は引用者）

では、この「言葉の流れ」を用いたとされる、「おじいさんに買った釣り竿」と『霊山』はどのような作品なのだろうか。

「おじいさんに買った釣り竿」と繰り返しのリズム

四章のトニ・モリスンのところで触れた通り、感情表現は直接表現されすぎると読者としては引いてしまう。むしろ間接的に伝えられたり、徐々に内面に入り込んでいったりしたほうがよい。感情を表す文体としては、ヴァージニア・ウルフがよく知られているが、そのウルフがよく用いるのが繰り返しのリズムである。『ダロウェイ夫人』の一部を見てみよう。日本語訳ではわからないので、英語も引用する。

For why go back like this to the past? he thought. Why make him think of it again? Why make him suffer, when she had tortured him so infernally? Why? (Mrs. Dalloway)
だって、なぜこのように昔にさかのぼるのか？　と彼は考えた。なんだっておれにふたたびそのことを思い出させるのか？　この女はおれにあんな地獄の責苦を味わわせておきながら、それでもまだたりないで、今また苦しい思いをさせるのか？　なぜだ？（富田彬訳、角川文庫、二〇〇三年）

ここでは、疑問文が繰り返し使用されることによって人物の内面が表されている。また、why が連続しているほか、Why make him という形式も二度連続で出てきている。ウルフは、このように同じ言葉を繰り返す文体（リフレイン）をよく使う。三人称代名詞と過去形が使われる自由間接話法であるほか、同じ語の繰り返しというリズムによって整えられているため、人物の内面の感情が直接的ではなく、間接的に表出されている。このような文体は、共感しやすいためか、読者の感情にも作用しやすく、そのため叙情性が高まる。トニ・モリスンの『ビラヴド』最終章もこの文体を用いていた。
「おじいさんに買った釣り竿」も、このような繰り返しのリズムを用いる。また、徐々に感情が強く表されていく形を取る。そして表される主な感情は、過去への情感、すなわちノスタルジーである。誰しも、すでに失われてしまった過去に対する懐かしさや、その失われてしまったことに対して悲しさを感じたことはあるはずで、読者はその言葉の流れとともに失われた過去への感情を掻《か》きたてられる。

また高行健は、過去への遡りを空間に転化して表現している。「故郷を探しに行く」という空間の移動が、言葉の流れとともに、徐々に時間の移動へと変わっていくのである。その「おじいさんに買った釣り竿」は、語り手＝登場人物の「私」が、釣具屋の前を通りかかり、最新式の釣り竿を見るところから始まる。その釣り竿を、「私」はおじいさんに買ってあげたいと思う。そこから「私」は子供のころの記憶をたどりだす。釣りをするおじいさんから、猟をしていたおじいさんを思い出し、故郷のことを思い出していく。

> 私は覚えている、子供のころを、子供のころのあのことを、それに私はまだみんな覚えている、あのころ誰かが街に行くというと、おじいさんは必ず釣り針を持ってきてくれるように頼んだ、魚は大きな街で売っている針でないとつれないかのように、私は覚えている、おじいさんは何度もぼやいていた、街で売っている釣り竿はリールもついている。（引用者訳）

ここでは「覚えている」が繰り返されているのがわかる。この語が繰り返されることによって、思い出していることが何度も確認されている。「おじいさんに買った釣り竿」の前半部分ではこのように、過去を比較的客観的に思い出している。

この前半部分において、「私」の故郷はすでに砂に覆われてしまい、魚は釣れなくなっているらしいと読める。おじいさん自体もすでに失われているような書き方である。それにもかかわらず「私」はおじいさんに釣り竿を買っていこうとする。とすると、おじいさんはまだ生きているかもしれないという読みも同時に生じる。読者に読みの揺らぎを作っているのである。

次に、その故郷とおじいさんを、「私」はその最新式釣り竿を持って訪れようとする。

私はもちろん覚えている、故郷には川があった、印象では、町からかなり離れた荒涼としているところで、小さいころ一、二回行ったことがある気がする、おじいさんは言っていた、上流にダムができてから、その川は涸《か》れてしまったのだと、しかし私はそれでもおじいさんに釣り竿を買ってあげたい、なぜだかはわからない、なぜだかはっきりさせようともおもわない、とにかく、それは私の念願なのだ、釣り竿はおじいさんであり、おじいさんが釣り竿であるかのように。

私はこうして釣り竿を肩に掛けて大きな道に出る。（引用者訳）

ここでは子供のころとおじいさんの記憶を思い出の比較的客観的な記述から、感情を表すフレーズに滑り込み、しかも同じ形式を繰り返すことによって叙情性を高めている。引用の最後で、「私」は故郷に向かって出発する。いわば、過去に向かって歩いていくのである。

ここから「私」は「現在」の立場を守りながら、しばしば過去に追いつく。もしくは過去が「現在」に投影される。時間の経過が言葉の流れの中で表され、過去と現在の間を行き来する。

> 私は覚えている、毎日学校に行くとき、石橋を渡らなくてはならなかった、石橋の左側はあの湖、いつも波立っていた、風がなくても、だから私はずっと、波立っているのはみんな魚の背中だと思っていた、私は思いもしなかった、こんな湖いっぱいの魚さえ死に絶えてしまうとは、こんなきらきらした湖さえ臭くなるとは、臭くなった水溜りは埋められてしまうとは、そして実家への道は見つかりようがない。（引用者訳）

ここでは学校に通っていたころの「我」が思い出され、石橋と湖が思い出されている。湖は魚の背中で光っていたというイメージが思い出され、その魚が絶滅し、湖が臭くなり、臭くなった湖が埋められるという時間の経過が一文の中で描かれる。繰り返しのリズムに乗せられて惜別の情が加わり、「家に行く道が見つからない」という最後のフレーズによって閉じられる。

失われたはずの故郷につく「私」だが、そこに昔の家はない。そこで、かつておじいさんと釣りに行った郊外へ行ってみようと決意する。すると、激しくイメージが展開していき、「私」は失われた過去に追いつく。

「おじいさんに買った釣り竿」は、釣り竿とおじいさん、子供時代を思い出すところから始まって、子供時代を探しにゆき、そこで一瞬追いつくものの、やはり失われてゆくことが、叙情豊かに描かれる。引用部分で見たように、この小説は一段落一文であり、その非常に長い一つの文の流れの中で、徐々に内面に入り込んでいったり、徐々に時間を展開したりする。言葉とともに時間も空間も流れていってしまうのである。

このように、繰り返しのリズムに乗って、客観的な記述から徐々に感情を露《あら》わにしていき、また現在と過去が同時に表現されることによって、ノスタルジーが掻き立てられる。完成度の高い短編小説である。

『霊山』

高行健の代表的長編小説『霊山』は、長江流域を巡る旅をしている「私」のパートと、

「霊山」を探す「おまえ」のパートが交互に現れる。「私」の旅は現実の旅であり、「おまえ」のパートはそこからさらに再フィクション化した空想上の旅であるらしい。

もっとも、「おまえ」のパートが「霊山」を探す旅をしているのは、途中までであり、そこから先は幻想的な断片がほとんどとなる。「私」の記憶の断片や幻想、思索から構成されたものであるらしい。

長江流域を巡る旅は、高行健が八〇年代半ばごろに行った旅をモデルとしている。高行健は八〇年代初めに西側の文学を積極的に取り入れる実践を行っていたが、八三年に始まった「精神汚染除去運動」という冗談のような名前の真面目な政治運動の標的にされてしまったこともあり、その後も政治的に微妙な立ち位置にあった。そんな中、癌と誤診され、自らの死を見つめることになる。長江流域を巡る旅は、このような状況のもとで行われたものだった。

『霊山』は全部で八一章だが、この章の数は中国の古典『老子』と同じで、おそらく意識しているだろう。ただ、思想的には『老子』というよりは『荘子』や禅のものに近い。『荘子』では、生と死を同様なものとして考えるが、このような思想が入り込んでくるのは、生と同時に死について考えながら旅をしていることと関係しているだろう。

一九四〇年生まれの高行健は、新中国誕生以降の政治的動乱を目の当たりにしてきた。中でも六六年から十年続いた文化大革命では、それまでの古い文化が徹底的に破壊された。

「私」の旅は、失われた古い文化を発掘してまわる旅でもある。このため、「私」のパートは紀行文学として読むことも可能である。

一方、「おまえ」のパートの方はどうだろうか。冒頭は次のように始まっている。

　おまえが乗ったのは長距離バスで、そのぼろぼろの車体は、都会では淘汰されたものだった。補修の行き届いていない山道は、路面がデコボコだらけ。朝から十二時間揺られ続けて、ようやくこの南方の山間の県城に着いた。
　おまえは旅行用のザックを背負い、手にカバンを提げ、アイスキャンディーの紙とサトウキビの食べ滓でいっぱいの停車場に立って、あたりを見回した。
　バスを降りた者も、停車場に集まってきた者も、男は大小の荷物を担ぎ、女は子供を抱いている。手ぶらで、包みも籠も持っていない若い連中はポケットからヒマワリの種を取り出し、続けざまに口に放り込んでは殻を吐き出す。じつに器用な食べ方で、小気味のよい音が鳴り響いた。そののんびりとした様子、その洒脱さは、いかにもこの土地の人間らしい。（引用者訳）

『霊山』は、「おじいさんに買った釣り竿」と同様、言葉のリズムに特徴があるが、それがよく表れているのは「おまえ」のパートのほうである。前半部分の「おまえ」パートの語り口は明るく、未知の世界を求めていくような楽しさがある。

　この冒頭部分の描写は、中国の田舎を旅したことがある人ならば、おなじみの風景であろう。私も何度も経験があるが、デコボコ道を十二時間走る長距離バスは、体力を消耗する。最近は中国のバスもきれいになったが、以前は車内にタバコの煙が充満し、暇つぶしに食べているヒマワリの種の殻が大量にばらまかれ、角刈りのおやじの吐く痰《たん》が落ちていた。時速百キロで飛ばすバスの運転手が、窓の外に痰を吐いたところ、後ろの席の窓にびしゃりとついたのを見たこともある。到着したら到着したで、バスには宿の客引きやタクシーの運転手らが殺到する。お世辞にもきれいではないものだが、この第一章では生き生きとした田舎町として描写されている。

「おまえ」は、汽車の中でたまたま別の乗客から聞いた「霊山」なるものを探して、旅をしている。旅中、「おまえ」は第五章で「彼女」に出会う。第五章の冒頭は次のように始まる。


　おまえはその東屋のところで彼女に出会った。それは一種のなんとも言えない期待、一種の隠された願望、一度の邂逅、一度の奇遇であった。おまえは黄昏時にこの河辺にやってきた。刻みのついた石段の下では、洗濯物を棒で叩く音が河面に響いていた。彼女は東屋の前に立ち、おまえと同じように、対岸の青い山々を見ており、おまえは彼女を見ずにはいられなかった。この山間の小さな町では、彼女は飛びぬけていた。その姿、そのたたずまいその虚ろな表情と、どれもこの土地の人間が持っているものではない。

『霊山』は一貫したストーリーがあるわけではなく、断片的な章が並んでいるので、「彼女」もこの通り、唐突に出てきている。言語が違うため日本語ではうまく訳出することができないが、同じ文型を繰り返すことによって、リズムのよい文体になっている。「おまえ」はこの後、「彼女」としばらく「霊山」を目指すことになる。第五章に続く第七章は次のようである。

　おまえは彼女と再会の約束をしなかったことを後悔した、おまえは彼女を追いかけなかったことを後悔した、おまえは勇気がなく、彼女につきまとわなかったことを後悔した、ロマンのほとばしりもなく、妄想もなく、それではロマンスなど訪れるはずもない。

私は『霊山』の「おまえ」パートの魅力は、文のリズムにあると考えている。なかなか目にしないリズムである。

また、高行健の「言葉の流れ」では、「AがBであるような背景の中で人物CがDした」のような書き方を取らないことが多い。このような文型の場合、人物の行動が主であって、それを取り巻くものは従属する「背景」でしかない。しかし『霊山』の「言葉の流れ」では、「Aで、Bで、Cで、D」という形で、すべての要素を同格にしていく。

第三章の冒頭を見てみよう。

おまえはそこでこの烏伊の町へやって来た（人物→行動→烏伊の町）、黒い石を敷いた長々とした道（烏伊鎮の青石の敷かれた道）、おまえは手押し車の轍が深く刻まれた石畳の道を歩き（その道の上を歩く人物）、たちまちおまえの子ども時代に入っていった（歩く→過去へ）、子ども時代に過ごしたらしい古い山間の町だった。（括弧の中は引用者）

ここではまず烏伊鎮に着いたというフレーズ（最初の読点まで）から始まっている。日本語訳ではわからないが、中国語は動詞→目的語という語順なので、このフレーズの最後の単語は「烏伊の町」である。

この場面では、第二のまとまりで「烏伊の町」の「青石の敷かれた道」が導入され、「青石の敷かれた道」から導き出される第三のまとまりではその風景に「おまえ」が登場する。「おまえ」は、歩くという行動をとっている。次のフレーズでは、その「歩く」行動の結果として、子供時代に歩き入ってゆくと述べられる。

分析的にいえば、「子ども時代に歩き入る」という表現は比喩《ひゆ》である。実際に時間を超越できるわけではない。しかし「言葉の流れ」のリズムでは、世界は言葉とともに動いていくので、原文から受ける印象は文字通り「子ども時代」の空間に入り込んでいくかのようである。回想の風景も現在の中に混ざり合ってしまう。

また、「おまえ」は「彼女」と対話を繰り広げるが、この場合にも地の文とセリフを曖昧にすることによって、独特のリズムを作り上げる。さらに「おまえ」は「彼女」に様々な物語を語って聞かせるが、このリズムもおもしろい。

ところが、「霊山」を探す「おまえ」と「彼女」の旅は、途中で消えてしまう。「私」がその物語を作り出すことをやめてしまうのである。前半の「彼女」は恋人としての「彼女」であるが、後半の「彼女」は妻としての「彼女」であるかのようである。後半の断片では、「おまえ」と「彼女」の関係はうまくいっていない。

「霊山」を求める「私」の幻想の旅は、途中で挫折《ざせつ》してしまう。前半は旅中の「私」のロマンチックなフィクションとすると、後半は現実的な回想のようである。

「私」の思考とともに、旅をする文学である。

また、高行健が「中国語としての表現」を考えている点も興味深い。最近の言語学では、生成文法にせよ認知言語学にせよ、言語の普遍性が強調されている。確かに、人間はそれほど大きく違わない脳を使って個別言語を使用するし、共通の認知基盤に従ってもいる。

それは正しい。しかし書き言葉は自然に習得できるものではなく、人工的に彫琢《ちょうたく》を加えられたものである。小説言語になると、通常の書き言葉をさらに人工的に彫琢している。このため、長い歴史の中で、個別言語ごとに習慣ができあがっている。創作者はその習慣から自由ではない。高行健は英語やフランス語などとの対照から逆に中国語の特徴をあぶりだし、それを利用した文体を作ろうとしたが、修辞はどこまで普遍性があるのか、個別言語によって異なる点があるとすればそれはなんなのだろうか。

同様に、日本語での表現とは何か、それを利用した文体はあるのか、という問題も設定しうるだろう。

私はこれまで、中国語の「文」の観念は西洋の言語学で考えているところとは別のものがあるのではないか、と言ってきた。その謎については目下研究中だが、まもなく世に出せそうなところまで来ていることを予告して、本章を終わりにしよう。

【邦訳リスト】

『現代中国短編集』藤井省三編、平凡社、一九九八年
『ある男の聖書』飯塚容訳、集英社、二〇〇一年
『霊山』飯塚容訳、集英社、二〇〇三年
『母』飯塚容訳、集英社、二〇〇五年

七章　ワールドワイドで胡散臭い語り

V・S・ナイポール（二〇〇一年）

一九三二年生まれのナイポールはカリブ海に浮かぶ島、イギリスの植民地だったトリニダード・トバゴの出身である。トリニダード・トバゴの住民は主に黒人とインド系住民ということだから、ほとんどが外部から労働者として連れてこられた人々の子孫である。ナイポールは祖父がインドからやってきた労働者で、父はジャーナリストだった。一九五〇年からイギリスに留学し、五三年にオックスフォード大学で学位を取得、そのままイギリスにとどまり、作家となった。

つまりカズオ・イシグロと同様、イギリスへの移民作家である。ナイポールはそもそもインド系でありながらカリブ海地域出身であり、そこからの移民なので、ノーベル文学賞が好きな越境を多重に行っている作家といえる。初期の『神秘的な指圧師』や『ミゲル・ストリート』では、出身地のトリニダード・トバゴを描いている点でも、最初は日本を舞台にした小説を書いたカズオ・イシグロと共通している。移民作家としては、イギリス人読者にとって未知なる空間を描いた方がデビューしやすいのだろう。その後もワールドワイドな舞台を描いていて、小説以外にもインドやイスラムについて書いてもいる。カリブ海出身のインド系作家がイギリスでイスラムについて書くのだから、ずいぶん多重な越境だ。越境作家は、異なる文化の読者を前提として書くから、普遍性を帯びやすいのかもしれない。

ナイポールの小説にも普遍性がある。普遍性があるといっても、おそらくは世界中のどの文化の人が読んでもおもしろいだろうという話であって、一般的であるという意味ではない。例によって相当個性的な作風の作家である。では、どのような小説を書いているのだろうか。

胡散臭い語り口

小説では、語り口調をどうするのか選択する必要がある。語り口調は全体のトーンを決めるため、これを個性的にすれば、全体的に個性的な調子になる。これまで見てきた作品でいえば、カネッティの『眩暈』は単文の連続で狂気が表れていたし、大江健三郎の『個人的な体験』は仰々しい語り口で、主人公の虚栄が表されていた。ガルシア゠マルケスの『百年の孤独』は、報道文のような客観的で冷静なトーンなので、報告される「異常な」出来事との間に乖離《かいり》を作っていた。

ではナイポールの小説はどうか。一言でいえば、胡散臭《うさんくさ》い語りである。「語り」は「騙《かた》り」だなどとよく言うが、ほら吹きというか詐欺師というか、人をくったようなところがある。描くのはエキゾチックな世界であることが多いし、キャラクターがとにかく強烈である。漫画に出てきそうなキャラが多い。ここで紹介する『ミゲル・ストリート』は登場人物たちがそうだが、『ある放浪者の半生』では地の文全体も胡散臭い。

個性的なキャラクターを多数出しているところや、その語り口調を見ていきたい。

『ミゲル・ストリート』

同じ出来事でも視点の取り方を変えれば見方が異なってくるが、小説でもどのような視点を取るか考えなければならない。最初に書かれた小説『ミゲル・ストリート』が採用しているのは、子供の「僕」の目線である。一七の章から成り立っているが、それぞれ独立しており、連作短編小説といってもいい。子供の見える世界は限定的なので、例えば歯ブラシをくわえながらごみ収集車の運転をする姿がかっこいいと映る。そうした目線から下町ミゲル・ストリートの大人たちが一人ずつ描かれていく。

下町といえば「人情」である。現代の都会が失ってしまった濃密な人間関係がそこにはあると日本ではよく表象されている。映画になった『三丁目の夕日』にしても、四十年にわたった連載が完結した漫画『こちら葛飾《かつしか》区亀有《かめあり》公園前派出所』でときどき出てくる両津勘吉の子供時代のエピソードにしても、下町は失われた何かであって、憧憬《しょうけい》の対象である。

では、トリニダード・トバゴ版『三丁目の夕日』らしき本書はどうか。そこには濃密な人間関係が描かれているし、そこで暮らしている下層の人々があたたかな目線で描かれている。そういうとますます『三丁目の夕日』的小説なのかと思えてくる。

ところがこの小説がおもしろいのは、「古き良きあのころ」を懐かしんでいるからではない。「古き悪きあのころ」を懐かしんでいるのだ。暴力、賭《か》け事、詐欺、ほら話、その他もろもろの犯罪は日常茶飯事で、日本のマスコミなら「治安の悪いスラム街」として表象するような場所である。そしてその「ダメな人たち」がおもしろい。

例えば第二章「名前のないモノ」の主役は「大工」のポポである。ポポは、奥さんが駆け落ちでいなくなってしまうと、荒れ狂ってしまう。そこで次のようなやり取りがある。

　ポポは酒に手を出すようになった。酔っぱらっている彼は好きになれなかった。ポポはラム酒臭かった。泣いていたかと思うと、怒り出して誰彼なしに殴りたがった。そのおかげで、彼はストリートの面々に堂々と仲間入りすることになった。
　「ポポに関しちゃ、おれたちがまちがってたな。あいつは、おれたちみたく立派な男だぜ」とハットは言った。（小沢自然・小野正嗣訳、岩波書店、二〇〇五年）

ポポは飲んだくれて誰彼なく殴りたがるようになってようやく「立派な男」として認識

されている。だいぶ価値観が異なるようだ。「子供ができたから結婚しなければならない」と言われたときなど、「ちゃんちゃらおかしいこと言うじゃねえか。女にガキができるってだけでみんなが結婚してたら、どえらいことになるぜ」と言われる始末で、性に関する規範意識もだいぶ緩い。その他、奥さんを殴り殺してしまう男や、七人の男と七人の子供をもうける女、キリストの再来だと勘違いして磔《はりつけ》にされようとする男など、「魅力的な」人物に事欠かない。

なお、自称大工のポポは、実は何も作っていない。語り手の少年に何を作っているのかと問われると、「そいつが問題なんだよな。おいらは名前のないモノを作ってんのさ」と答える。このように、本書の登場人物たちは語り手の少年にたいして、自分を大きく見せようとする。おそらく発展性のない生活をしている人たちがちょっと誇大なほら話をするのは、ごく普通のことなのだろう。同様に適当なほら話をする人物は多く、自称詩人のB・ワーズワースは、一か月に一行だけ、その月を凝縮した詩句を生み出しているという。

大人の目線から回顧的に書くと、たいていは「昔はよかった」的な表象になる。そうすると、ノスタルジックな小説となるが、一方でいろいろな要素を切り捨てている。日本だって昔のほうが汚かっただろうし、貧しかっただろうし、犯罪も多かったが、リアルな「古き悪きあのころ」にはならない。本書は子供の目線を採用していることによって、その「ありのまま」の様子が書かれることになる。

ただし最終章になって「僕」は、突然十代後半になる。この章ではミゲル・ストリートの他の若者たちと同様、「不良」になってしまうことを恐れた母が、「僕」をイギリスに留学させることになり、「僕」はミゲル・ストリートを去る。この立ち去るシーンを作ることによって、それまでに語られてきたことが「古き悪きあのころ」となり、懐かしむべき対象となる。都合よく過去を理想化して書くことを回避しつつ、最終的にはノスタルジーの情感を漂わせているため、読後感はよい。巧みな構成である。

ただ、やはりナイポールのおもしろさは、『ミゲル・ストリート』に出てくるような、胡散臭い人々とその語り方だと思う。次に見る『ある放浪者の半生』などは、まさにそうした特徴を存分に発揮している。

『ある放浪者の半生』

『ある放浪者の半生』は、ノーベル文学賞を受賞する二〇〇一年に出版した小説で、インド、イギリス、アフリカを舞台としている。まず本を開くと、「これは架空の物語であり、個々の国や時代や状況に関する描写はかならずしも事実に即したものではない」と出てくる。よくある断り書きだが、この小説に関する限りまったくこの通りである。普通はフィクションとはいえ真実らしく書こうとするものだが、まったくそういう感じがしない。ご丁寧にもそれを最初に予告してくれているのだ。

原題はHalf a Lifeで、通常は人生の前半のことかと思うが、訳者の斎藤兆史があとがきで述べている通り、「中途半端な人生」という感じがする。とにかく主人公のウィリーが無気力でだらしなく、おまけにほら吹きなのである。ウィリーだけでなく、第一章「サマセット・モームの訪問」の語り手であるウィリーの父親もまたどうしようもない人物である。このため、全体のトーンがいいかげんな思考と語りに覆い尽くされている。ここまでいいかげんな語り方は珍しい。

第一章「サマセット・モームの訪問」は、主人公・ウィリーのミドルネームがサマセットになったいきさつについて、父親が語る章になっている。父親はちょっとまずいことをやらかして、苦行と称して大寺院の庭で乞食の生活を送っていた、とまず語られる。しかも沈黙を守るという誓いも立てていたところ、いつのまにか尊敬を集めるようになったという。そんなおりに、イギリス人作家のサマセット・モームが大学の学長といっしょに寺院にやってきて、父親を見かけた。そして自分の本の中に書き込んだために、父親は有名人となり、外国からの旅行客の注目を浴びることとなったのだという。

この話、怪しい。かなり誇張されたものらしい。突飛なエピソードが語られだしたな、と読者に思わせておいて、そこからその詳しい顚末《てんまつ》が語られだすが、輪をかけて啞然《あぜん》とするような語りが続く。

ウィリーの父親が引き続き語るのは、寺院で乞食をするにいたるまでのいきさつである。

父親は当時、大学に通っていた。そんなおり、次のようなインスピレーションがわいてくる。

そんなわけで、お仕着せの廷臣たる親父の家で何不自由ない暮らしに甘んじ、（とりあえず波風が立たぬように）大学に通っているふりをしながらも、さっき言った苦悩を味わっているとき、ついにあることがひらめいた。そのとき心に誓ったことは絶対に正しいとの確信があり、私はなんとしてもそれをやり遂げようと思った。そのときの決断とは、自分を犠牲にしようということにほかならない。その場だけの空しい自己犠牲ではなくて――橋から飛び下りたり、列車の前に飛び込んだりするのは、馬鹿でもできる――もっと長続きする、大聖に認めてもらえるような自己犠牲だ。（岩波書店、二〇〇二年）

これだけ短い中でも、そうとう怪しい語りであることはわかる。どうやら父親は「何不自由ない暮らし」に「甘んじ」ていた、とする。比較的いい育ちの子供が、そのぬるま湯の環境に反発して、といった展開は別の小説でもありえそうだ。だがこの父親、そんなに葛藤《かっとう》があったわけではなく、突然何かがひらめいたらしい。突然ひらめいたわりには、絶対に正しいとまで思う。それは自己犠牲だと言うのだが、「その場だけの空しい自己犠牲」、すなわち「橋から飛び下りたり、列車の前に飛び込んだり」することではないと言う。それはそうだ。自己犠牲＝自殺ではないだろう。錯綜《さくそう》した語りである。ではその「大聖に認めてもらえるような自己犠牲」とは何か。きっと高尚なことが語られるのだろう、と予期する。

みじめな坊主たちに背を向け、私を藩王国の高官にしようとする親父の愚かな願い、そして私と自分の娘を結婚させようとする大学の学長の愚かな願いを挫くこと。そう、私の決意は、そういう死人同然の生き方を打破し、それを乗り越えて、自分にできるかぎりのもっとも貴い行いをなすことだった。それは、見つけうるかぎりもっとも卑しい人間と結婚することだと思い定めていたのだ。

「自分にできるかぎりのもっとも貴い行い」とは、高官になることを捨て、学長の娘との結婚を断り、「見つけうるかぎりもっとも卑しい人間と結婚することだ」と言い出すのである。かなりの倒錯ぶりである。

その相手の描写がまたひどい。

すでに相手は考えてあった。同じ大学に通う女の子だった。ただし、まったく見ず知らずの女の子だ。話したこともない。ただ単に彼女に目をつけたというだけだった。小柄で粗野な感じのする子で、見かけからすれば部族民だと言ってもいい。際立って色が黒く、二本の前歯がとても白く見えた。とても明るい色の服を着ているかと思えば、またいやにくすんだ色の服を着ていることもある。まるで黒い肌にしみ込んでいきそうな色だ。おそらくは後進的な階級の出だったのだろう。

一目ぼれの対象を見つけたかのような調子で「もっとも醜い女」を見つけたことを語っている。やはりかなり倒錯している。さらに、ここからその自分が「もっとも醜いと思っている女」を自分のものにしようとする話が続く。

先に、高官になるのが「死人同然」の生き方だと言っているのだから、これからさぞかし革命的な生き方をしそうだ。それが物語というものである。ところが思いつきで適当に行動しているだけなのですぐに行き詰まる。それで逃亡を思いつき、沈黙の誓いを立てて剃髪《ていはつ》し、寺院で乞食生活をしていたら、かってに聖人にされたというのである。

おかしなことをさも当然のごとく語るのは、漫才でいうところの「ボケ」の基本で、『ある放浪者の半生』が採用しているのはそういう語り口調である。小説では、「ボケ」にあたるユーモアが使われることは少なくないが、「ツッコミ」にあたるものは書かれないことが多い。おそらく漫才など、芸人が実際にしゃべる場合の「ツッコミ」では、間やトーンなどの音声的パフォーマンスで笑いを取れているのであって、それらが失われてしまう媒体ではつまらなくなってしまうからではないかと思われる。小説ではむしろ、読者自身に「ツッコミ」をやらせることによっておもしろさを出す。

ここではまた、インドの文化や社会のあり方がその胡散臭い語りで意味をずらされている。「自己犠牲」は仏教の観念であるが、本来プラスの意味であるのに、マイナスにされてしまっているし、結婚についてはカースト制を題材としている。使われている言葉の意味をずらすのは、文学のテクニックの一つである。さらに、こんなどうしようもない親父に神秘を感じてしまう西洋人への皮肉にもなっている。このあたりが越境作家としての立ち位置であろうか。自らの出自であるインドを皮肉り、なおかつ現在住んでいる西洋文明も同時に皮肉っている。作家がどういう立ち位置を取るかによっても、異なった作品が生まれてくるのである。

しかもこのおかしな話、父親が息子に話している。ダメ親父、子供を育ててもまったく成長しない。過去の話を息子・ウィリーに語り終えると「これまでの話を聞いてどう思う」と問いかける。すると、ウィリーは「お父さんを見損なったよ」と答える。まっとうな反応である。

「母さんのような言い草だな」

ウィリー・チャンドランは言った。「いったい僕は何なの？　僕のために何もしてくれてないじゃないか」

父親は言った。「それが自己犠牲の生というものだ。譲るべき富も何もない。誇れるのは友達だけだ。それが私の宝だよ」

「それじゃ、サロジニはどうなるの？」

「正直に言おう。あの子は、私たちへの試練としてこの世に遣わされたのだと思う。あの子の外見については、あらためて言うまでのことはない。この国にいては見込みがないだろう。ただ、外国人だと美的感覚も価値観も違うから、サロジニが国際結婚でもしてくれたらいいと思うよ」


親父の自己犠牲に付き合わされているのだから、家族はいい迷惑である。妹のサロジニは、インド的価値観では見込みがないほど不細工だという。知りうるかぎりでもっとも醜い女と結婚したのだからさもありなんだ。

さて、ダメな父親が配置されているとき、主人公たる人物はそれに反発してまっとうな人物になったり、出世したりというのがよくある物語形式である。主人公の成長には障碍が必要で、ダメな親だとか、高圧的な親はその障碍として設定されていることが多いからだ。

ところが、人をくった語りが特徴のナイポールはこれも裏切ってくる。

第二章にあたる第一章（この作り方も人をくっている）では、ウィリーを三人称で語る。ウィリーは子供のころ、ミッションスクールに通った。その時に、適当な話をこしらえる才能の片鱗《へんりん》を見せるも、いやになってやめてしまい、ぶらぶらするようになる。普通の物語なら、この後、ウィリーは才能を開花させ、作家になりそうだ。その後、ウィリーは父親に神秘を感じてしまったイギリス人のつてを頼り、奨学金を得てイギリスの大学へ行く。この大学で出会う人物たちも、胡散臭い強烈な個性の持ち主ばかりである。

だがウィリーは、大学にも意味を見いだせない。無気力でいいかげんな生活が描かれる。アルバイトで放送作家のようなことをしたり、本を書いたりして、ついに出版までこぎつける。子供のころからその才能があったことが語られているわけだから、典型的なサクセスストーリーのように思われる。

と思わせておいて、ウィリーはあっさりそれも投げ出してしまう。最初の本への書評がほとんど出なかったため、あきらめてしまうのである。そんな時に、唯一ファンレターをくれた女・アナと愛しあうことになる。にっちもさっちもいかなくなったウィリーは唐突にアナの出身地であるアフリカに行くことを決意する。

彼は言った。「アナ、君と一緒にアフリカに行きたい」

「休暇でってこと？」

「永住するためだ」

見ての通り、決意するというほどでもない。なんとなく行動しているだけであり、まさに自分の父親がたどってきたどうしようもない人生をなぞる。成功するかと思うとそうでもなく、すぐ放り出す。努力しないし、深く悩もうともしない。飄々《ひょうひょう》としていて、すっとぼけた感じがする。そうしたトーンを地の文にも出してくる。

続く第三章「再訳」（本書は「第二章」がない）の大部分は、ウィリーの一人称語りで、アフリカでの生活が回顧的に語られる。そのアフリカについた初日のところを読んでみよう。

家のなかはむさ苦しかった。虫の死骸が張り付いた金網越しに寝室の窓の外に目をやり、荒れ放題の庭とポーポーの高木、それからカシュー林と草葺き屋根の集落を下って、さらにその先、はるかかなたまで果てしなく連なる水色の低い山並のように見える円錐形の岩を視野に納めながら、ウィリーはこう考えた。「自分がどこにいるのかわからない。一人ではとても帰り道がわからない。この景色を見慣れるのはいやだ。荷物をほどくわけにはいかない。何があってもここで暮すような顔をしてはいけない」

彼はその地で十八年暮した。

初日にウィリーは「何があってもここで暮すような顔をしてはいけない」と考える。自分で決意しておいて、到着したら到着したでもういやだと言う。

が、次の行では「彼はその地で十八年暮した」と語られる。話を飛ばしすぎだ。十八年もいたくないところにいるとは、主体性のなさの極致であり、人をくった語り方である。そこから先もウィリーを含めた中途半端な人たちの中途半端な出来事が語られていく。

ウィリーをはじめとする多くの登場人物は、世界を漂流している。昨今はグローバル社会だから、そうした人もますます増えるだろう。移民を強いられる人もいれば、よりよい環境を求めに越境する人もいるし、ウィリーのようになんだかわけがわからないままに行動する人もいるだろう。こうしたテーマだと、マイノリティーとしての苦悩語りなどが多くなりがちである。『ある放浪者の半生』にもそうした苦悩は描かれてはいる。しかし語り口調をほら話的であっけらかんとしたものにしているので、独特なワールドとなっているのである。

【邦訳リスト】

『イスラム紀行』上下巻、工藤昭雄訳、岩波書店、二〇〇二年

『神秘な指圧師』永川玲二・大工原弥太郎、草思社、二〇〇二年

『インド・新しい顔』上下巻、武藤友治訳、岩波書店、二〇〇二年

『ある放浪者の半生』斎藤兆史訳、岩波書店、二〇〇二年

『中心の発見』栂正行・山本伸訳、草思社、二〇〇三年

『ミゲル・ストリート』小沢自然・小野正嗣訳、岩波書店、二〇〇五年

『魔法の種』斎藤兆史訳、岩波書店、二〇〇七年

『自由の国で』安引宏訳、草思社、二〇〇七年

八章　「他者」と暴力の寓話

J・M・クッツェー（二〇〇三年）

南アフリカというと、まずまっさきに思い浮かぶのがアパルトヘイトと人種差別であろう。二〇一〇年に行われたサッカーのワールドカップの際には、治安の悪さが懸念された。アパルトヘイトとはアフリカーンス語で「分離」の意味で、アフリカーンス語とはオランダ語から派生してできた言葉である。一七世紀、この地にオランダ人がまず植民地を建設したが、その後の一八世紀にイギリスが入植し、戦争を経てイギリスに帰属することになったことから、現在でも英語とアフリカーンス語は両方とも公用語となっている。

二〇〇三年に受賞したクッツェーの両親は、共にアフリカーナ、つまりオランダ系の白人であったが、英語を話し、イギリスに同調しようとしていたため、クッツェーも英語の学校に通っていた。六一年にケープタウン大学を卒業後、六二年にロンドンに移り、IBMなどで四年ほど働く。六五年からアメリカで大学院に通い、六九年にはサミュエル・ベケットに関する論文で博士号を取得している。博士論文では、言語学・文体論の立場からベケットの文章、中でも『ワット』の分析を行ったという。

アメリカ永住許可が下りなかったため、七二年に南アフリカに帰国し、ケープタウン大学の教員となる。以降、南アフリカに居住している。七四年『ダスクランド』でデビュー、第三作『夷狄《いてき》を待ちながら』がいくつもの賞を取り、国際的な作家となる。続く八三年の『マイケル・K』でイギリスのブッカー賞を受賞、一九九九年にも『恥辱』で同賞を受賞している。

その主なテーマとなっているのは、「他者」と「抑圧」と「暴力」、さらに言えば「生存」である。自分が他者をどうみるか、他者との関係から自分をどう規定するかは、個人でも集団でも問題となりうるが、南アフリカのように「白人」と「非白人」のように明白な線引きが行われていたところでは特にそれが顕著になる。この地を植民地化した白人たちは、ずっと黒人やその他の民族を抑圧してきたが、クッツェーの小説にはこの「抑圧」や「暴力」が常に描かれるのである。

大航海時代以降、白人が世界中を植民地化し、二〇世紀にはその植民地の多くが独立を果たしたが、様々な課題が残された。文学に限らず、旧植民地の問題を扱った理論は「ポストコロニアリズム」と総称されている。クッツェーの作品も、ポストコロニアリズムの文脈で読解されることが多い。

その作風は、『マイケル・K』『夷狄を待ちながら』『敵あるいはフォー』など、寓話《ぐうわ》的なものや実験的な手法を用いたものが多い。その面では、二〇世紀の中盤以降流行したアンチロマンや、メタフィクションなどとも関連づけて考えることができる。カフカ的と評されることも少なくないが、やはりサミュエル・ベケットの影響が最も大きいように思われる。その他、『鉄の時代』（一九九〇年）や『恥辱』のようにリアリズムの作風で書かれたものも高く評価されている。

ここでは『夷狄を待ちながら』と『敵あるいはフォー』を中心に取り上げ、ポストコロニアリズムやフィクション論と絡めて紹介したい。

『夷狄を待ちながら』の寓意と寓話

「寓意」（アレゴリー）とは一般的に言って、何らかの意味を直接的に表さず、別の形に託して表すもののことだが、寓意が物語の形を取っていると、寓話と呼ぶことができる。寓話は古くからある形式で、例えば『韓非子』に出てくる「守株」や「矛盾」も寓話の一種と考えることができる。

「守株」とはどんな話だっただろうか。ある時、ウサギが切り株にぶつかって死んだので、それを見ていた農民は、その切り株さえ守っていればまたウサギが取れると思い、仕事をしなくなってしまうが、ついに何も取れないというものであった。

実は『韓非子』はこの話を持ち出して、議論を展開している。儒教では堯《ぎょう》や舜《しゅん》という古代の聖王を理想としており、そうした徳の高い王が出てくることを望んでいるが、そんな王様は千年に一度出るか出ないかなのであって、待っているだけ無駄であり、切り株を守る農民のようなものだと論じる。「守株」の部分は、その議論をするための寓話になっている。「矛盾」も同様で、儒教では堯と舜が共に聖人であったとしているが、それはありえないということを説明するための寓話となっている。このように、寓話は説得のためのたとえ話や、教訓として使われることが多かった。

現代の寓話では、この議論部分・教訓の部分をあえて出さないことが多い。何のための寓話であるかをはっきり説明してしまうと、その寓話の意味が一つに決定されてしまう。だが、物語は多様に解釈できるからおもしろくなる。このため、何事か現実的な何か、もしくは抽象的な観念を物語の形で表してはいるが、説明や教訓は付けず、多様な解釈を許すように書く。カフカの小説などは、そうした形を取っている。『変身』のグレゴール・ザムザが突然虫になってしまうのは、何事か寓意があるようであるが、一義的には解説していない。読者によって多様な解釈ができるほうが、小説としてはよい。

『夷狄を待ちながら』というタイトルは直接的にはギリシアの詩人、カヴァフィスの詩から取られたものであり、この詩は古代ローマ帝国が自らの存在のために夷狄を必要としたことを風刺したものという。そのほかカフカや、ディーノ・ブッツァーティの『タタール人の砂漠』との類似性が指摘されているが、ベケットの『ゴドーを待ちながら』も想起させる。

舞台は「帝国」の辺境のまちで、その外側には砂漠が広がっている。さらにその外側には、漁民と呼ばれる人たちと、夷狄と呼ばれる遊牧民が暮らしている。語り手はこの場所で民政官を務めている初老の男である。ある時、夷狄が攻めてくるという噂が首都から届き、ジョル大佐率いる軍隊がやってくる。軍隊は漁民や夷狄を捕らえ、拷問しだす。しかし、語り手の「私」は、夷狄が帝国を攻撃しようとしていることを信じないし、罪のない人たちが拷問されることに耐えられない。

そして「私」はまちで物乞《ものご》いをする夷狄の少女を見つける。少女は拷問のために足がねじれ、目が見えなくなっている。「私」は彼女を連れて帰り、共に過ごすことにする。やがて「私」は、彼女を返すために夷狄の地に遠征し、苦労しながらもなんとか目的を達成する。しかし、まちに戻ってくると、帝国の裏切り者として捕らえられ、「私」も拷問を受けることになる。

この話からは「白人」に対して抑圧される他者としての「黒人」がいるという南アフリカの現実が容易に想起できるので、寓話と考えられている。ただし、南アフリカの状況を直接取り込んでいるわけでもないし、教訓や議論を展開しているわけでもない。そこの解釈は読者にゆだねられている。

夷狄という他者と語り手の立ち位置

語り手の「私」によれば、夷狄と呼ばれている遊牧民たちは、「帝国」の版図拡大に伴って住むのによい場所を奪われ、辺境へと追いやられた人々とされる。ときどき、物々交換のためにまちに訪れることがあるが、「帝国」側の民と対等ではない。彼らはいつも騙《だま》され、馬鹿にされるような存在である。

ある勢力を自分たちとは異なる「敵」（他者）と認定し、その危険性を喧伝《けんでん》することによって、逆に「我々」を規定するのは、珍しいことではない。世界中で頻繁に行われているることである。「敵」そのものだけではなく、「敵」を糾弾しないものも「我々」ではないものとして攻撃にさらされることになる。南アフリカの現実では、「白人」は自分たちとは異なるものとして「黒人」を下に置いていた。「黒人」のように、下に置かれた側に反抗することは許されないし、自らの声を発することも許されない。夷狄の存在は、こうした現実を容易に想起させる。

こうして「他者」として下に置かれた者たちが反撃を試みようとするならば、容赦なく暴力が振るわれる。この作品のように、反撃してくるとの噂が流れるだけでも、その暴力は行使される。

弱者に暴力が振るわれるのは、弱者のほうに非があるというのが、強者の論理である。

「一人の囚人があとで死んだことは知ってるね。その囚人を憶《おぼ》えてるか？　どんな仕打ちを受けたか知ってる？」
「囚人が凶暴になって警察官に襲いかかったと聞きました。」（土岐恒二訳、集英社文庫、二〇〇三年）

ある夷狄が殴り殺された件について、「私」が問いかけている。しかし囚人が殺されたのは、拷問する警察官に襲い掛かったからなのであって、こちら側に非はないとしている。

さて、ここでも物語がどのような視点から描かれているのかを確認してみよう。第四章で見たトニ・モリスンは、「白人」に抑圧される「黒人」をテーマとしていたが、『ソロモンの歌』や『ビラヴド』では「白人」はあまり描かず、「黒人」内部の物語として設定していた。また『ビラヴド』の主人公は、「黒人」に加えて「女性」という、抑圧される側の要素も持っていた。一方、クッツェーは白人男性であることもあり、『夷狄を待ちながら』では一見すると視点を「白人」「男性」側に置いている。しかし語り手の「私」は単純に抑圧する強者ではない。「抑圧する側」かつ「抑圧される側」の中間的な立ち位置にいる。この立ち位置を採用していることが、この作品全体の構図を決めている。

先ほど引用した部分の問いかけに見られるように、語り手の「私」は、夷狄に対して理解を示し、対等に扱っているように見える。しかしそうとは必ずしもいえない。少女たちが囚人として連れてこられ、拷問を受ける前、民政官の「私」も彼女らの前に姿を現したが、なすすべがなかった。夷狄側からすれば、「私」もまた、暴力を加える側の人間の一人にすぎない。また、その少女が連れてこられてきたとき、「私」は彼女を見ていたが、記憶してはいない。

女がほかの者たちといっしょに、次にどういうことが起こるのかもわからぬまま兵舎の裏庭に坐らされて待っていたときには、たしかに私の視線は女には留まらなかった。私の目は彼女の上に留まりはしなかった。しかしそうして見過ごしたことをことさら記憶しているわけではない。あの日の彼女はまだ人目を引くような存在ではなかった。

つまり夷狄の少女は通常の状態では「私」の興味の対象とはならなかったのである。興味の対象となって初めて、彼女は認識される。認識されたのは、彼女が暴力を振るわれ、足と目を不自由にされ、乞食《こじき》のような姿になったからである。

その打ちのめされた姿に「私」は魅《ひ》かれているが、魅かれているのは彼女を支配下に置き、自由にできるからである。彼女にとって「私」は、自分を性的対象とした別の男たちとなんら変わるところがない。「私」は娼婦《しょうふ》との関係も持っており、女性に対して支配的な立場を行使する存在である。このように、「私」は支配や抑圧を批判する人物であると同時にその行使者ともなっている。二重の存在といっていい。

後に「私」は、暴力を受ける存在に変わる。この点からしても、夷狄という他者と支配者との中間的な位置にある。

暴力の描写

『夷狄を待ちながら』には、たくさんの暴力が描かれている。ここで「私」がそれを受けているところから、その書き方を見てみよう。

> 頰の傷が、一度も洗わず手当もしないので、腫れ上がって炎症をおこし、その上に、ころころ太ったいも虫みたいなかさぶたができている。左目はわずかに細い線ほどしか開かず、鼻はいびつな、ずきずきする肉塊でしかないので、口で呼吸しなければならない。
> 異臭を放つ古い吐瀉《としゃ》物の上に、私は水を求める固定観念にとりつかれて横たわっている。もうまる二日間なにも飲んでいない。

『夷狄を待ちながら』の文体は、自らが受けている暴力についても客観的で静かである。

その割には言葉を重ね、綿密に描写される。静かに残酷な描写を重ねると、冷酷な印象になる。切り裂かれているようである。しかも、他者が受けている暴力を語るだけでなく、ここでは自分の受けた暴力を語っていることが冷酷さを一層際立たせる。

なお、日本語訳ではわかりにくいが、『夷狄を待ちながら』は一人称現在形の叙述を基本としている。「現在形」は、過去以外のことすべてについて使われる形であるため、言語学的には「非過去形」と言う方が適切である。通常の物語のように、過去形が使用されている場合、その語られている事実が一度生起したことが表されるが、非過去形ではそうではない。このため、非現実的な叙述、夢、イメージなどによく使用される。本書のような寓話風の作品には適合しているといえるだろう。また、自分の行動も非過去形で表しているが、こうすることによって、現時点において自分自身をも客観的に外側から描いているように読める。これも冷淡な印象を与える一因になっていると考えられる。

さて、暴力を受ける側の人間はその尊厳を著しく傷つけられる。その様子もまた冷酷に、しかも饒舌《じようぜつ》に記述される。語り手の「私」も凌辱《りようじよく》されるが、それでも生き続ける。

いっぽう、女の下着をきて木から吊《つ》り下げられ、助けを求めて叫んでいたあの日、跡形もなく権威を失ってしまった老いたる道化、手の使用を封じられてしまったために、まる一週間犬のように敷石からじかに食べ物を舌で舐《な》めとって食べた汚い人間であるこの私は、もはや幽閉の身ではない。兵舎の中庭の隅で眠り、よごれたスモック姿で這《は》いまわり、拳《こぶし》が振り上げられれば縮み上がる。飢えた動物のように裏口のあたりをうろついて生き延び、夷狄びいきの間をこそこそ忍び歩く動物の生きた証拠としてのみおそらくは生かしてもらっているのだ。

ここでは自分自身の凌辱された姿を「女の下着をきて木から吊り下げられ」「跡形もなく権威を失ってしまった老いたる道化」「まる一週間犬のように敷石からじかに食べ物を舌で舐めとって食べた汚い人間」などと、たくさんの言葉を尽くして書いている。

クッツェーの小説への批判として、「南アフリカの現実にコミットしていない」というものと、「抵抗が描かれていない」というものがしばしば挙げられる。この批判は、「文学は現実や政治にコミットするべきだ」「支配や抑圧に対して抵抗を描くべきだ」という価値観を前提としている。クッツェーの小説の多くは、確かに南アフリカの現実を描いてはいないが、他者性や暴力性を描き出しており、そこには普遍性がある。だからまったく文化や政治的状況の異なる読者が読めるものになっている。

「抵抗を描くべき」という批判はどうだろうか。確かに本書以外でも、『マイケル・K』の主人公は、迫害されるままで、カボチャを育てる以外積極的なことは何もしない。このあたりは、主人公が意味不明に痛めつけられて登場するベケットの小説の影響もあるだろう。だが抑圧に対して抵抗しなければならない、というのは観念から出発しているだけであって、必ずしもリアルではない。

現実には、圧倒的暴力で支配され、抑圧された場合、ほとんどの人は反撃などできない。反撃できるのはまだ余裕がある場合だ。徹底的に抑圧された場合、人はその状態でなんとか生き延びるか、死を選ぶかするもののようである。例えばトニ・モリスンの描く黒人なども、大多数は差別の中で生き延びることを選択している。中国文学でいえば、余華という作家に『活《い》きる』という作品がある。これなど、正確に翻訳すれば『活きている』とでもするべきもので、ひどい目にあい続け、ボロボロになっても生き続ける人間を描いている。

そのように考えると、『夷狄を待ちながら』の語り手が汚くなり、臭くなり、ボロボロになっても、とにかく生きているというのは、むしろリアルな人間の様態なのではないか。「抵抗を描いていない」というのは、一面的な見方にすぎないように私には思われるのである。

『敵あるいはフォー』

小説は物語の一種であるが、物語には一定の約束事が存在している。通常、読者はその約束事を当然のものとして意識しないで読んでいる。二〇世紀にはそれまでの通常の「物語」を打ち破ろうとする実験小説が多数生まれた。フランスのヌーヴォー・ロマンや、ラテンアメリカ文学などが特によく知られている。

文学史上、ヌーヴォー・ロマンの先駆的存在に位置付けられているのが、サミュエル・ベケットである。ベケットは小説を書くこと、物語を語ることそのものを問題とした小説を書いていたことで知られる。もともとベケットの研究をしていたクッツェーらしく、『敵あるいはフォー』はフィクションについてのフィクション、つまりメタフィクションとなっている。その原題はfoe一語のみである。この語は本来「敵」の意味であるが、『ロビンソン・クルーソー』の作者、ダニエル・デフォーともかけている。『ロビンソン・クルーソー』のパロディーにもなっているのである。このため、翻訳者は『敵あるいはフォー』としたのであろう。

メタフィクションなどの実験小説では、実験そのものが焦点になることが多く、そうすると話そのものは魅力的でなくなることが多いが、本書はそうなってはいない。メタフィクションの形式が「他者を語ること」というテーマともうまく合致している。

フライデイの沈黙と他者性

『敵あるいはフォー』の第一部では、語り手のイギリス人女性スーザン・バートンがロビンソン・クルーソーのいる島に漂流してくるところから始まる。しかしクルーソーは、島からの脱出に積極的ではないし、漂流物語の主人公のように、自分の数奇な体験を記録しようとはしていない。というより、その生活は単調であり、特に事件もなく、波乱もないものである。島にはもう一人、黒人奴隷のフライデイがいるが、フライデイはなぜか舌を抜かれており、話すことができない。

まず、主人公のスーザンの立ち位置から確認してみよう。彼女は男であるクルーソーに対しては、従属的な立ち位置を強いられる。一方で黒人奴隷のフライデイに対しては優位に立っている。中間的な人物を語り手に置くのは、『夷狄を待ちながら』に共通している。このようにすることによって、クルーソーの立場とフライデイの立場を、彼女を媒介にして表出することができる。

スーザンはフライデイについて、下等な人種であるとの認識を隠そうとしない。島に到着して、最初に出会う場面では、「ニグロだ」と判断するし、「人食い人種かもしれない」という疑いをずっとひっこめることができないでいる。他にも例えば、「今まで私はフライデイのことを大したこともない生きもののように思っていて」「これまで私は、フライデイの生活について、犬とか愚鈍な獣のそれほどにしか考えたことはなかった」などと、語られている。

だが、フライデイは舌を抜かれているので、常に沈黙を強いられる。白人の側に語られる存在であり、自ら語ることはできない。フライデイが舌を抜かれていることに対して、クルーソーはごく当然のごとく語る。奴隷商人が抜いたのだと言うが、スーザンはクルーソーがあえて従属させるためにそうしたのではないかとの疑いも持つ。フライデイは耳が聞こえるのだから、言葉を理解することはできるのだが、クルーソーは命令に必要なごくわずかな単語しか教えていない。

第二部で作家のフォーは、次のように述べる。

「フライデイは言葉が何もできませんし、他人の欲望に従ってだんだん違う形に造り変えられていくのを防ぐ手だては何もないのです。私が彼は人食い人であると言えば、彼は人食い人になるのです。（後略）」（本橋哲也訳、白水社、一九九二）

従属させられる側は、自分たち自身を語ることはできない。外側から規定される存在であり続ける。フライデイは語り手のスーザンにとって、最後まで理解不可能な、恐ろしい存在であり続ける。こうした問題は、エドワード・サイードの『オリエンタリズム』（一九七八年）や、スピバクによる理論など、ポストコロニアリズムの文脈で明るみに出されることになった。

サイードによれば、「オリエンタリズム」とは、オリエントそれ自体ではなく、「西洋」対「東洋」の図式で二項対立化したときの、西洋内部の言説であるとする。つまり、「オリエント」というものが現実に存在するのではなく、まず「西洋人」が文化的に優越した「西洋」という概念を作り出し、そうではない劣ったものとして「東洋」という概念を作り出したというのである。つまり、「西洋」と「東洋」は対等な区分ではなく、「西洋」（優れたもの）と「非西洋」（劣ったもの）の区分なのである。

そして、優位に立つ「西洋」は、「東洋」とは「こういうところだ」と規定する力を持っている。「東洋」自身に自分たちを語らせることはしない。「東洋」は、我々「西洋」が知っている通りにしか存在していない、と考えられることになる。

つまりフライデイはクルーソーやスーザンにとって自分たちとは異なる「劣った他者」であり、暴力を受ける存在である。その暴力は舌を抜かれるという肉体的なものだけでなく、スーザンたちが自分たちの知っているようにその存在を決定づけてしまうという知的暴力でもある。

そしてこのテーマを描くのに、クッツェーはメタフィクションという形式を使用しているのである。

メタフィクション

メタフィクションとは、簡単に言えば「小説についての小説」と言うことができるだろう。クッツェーが博士論文を書いた作家、サミュエル・ベケットの『モロイ』『マロウンは死ぬ』『名づけえぬもの』の三部作、特に『マロウンは死ぬ』『名づけえぬもの』はメタフィクションとして知られている。

『マロウンは死ぬ』は、死にかけの主人公・マロウンが小説を書いているという小説である。三部作の最終形態『名づけえぬもの』は次のように始まる。

はて、どこだ？　はて、いつだ？　はて、だれだ？　そんなことは聞きっこなしだ。おれ、と言えばいい。（安藤元雄訳、白水社、一九七〇年）

小説には普通、「語り手」がいて物語を語っているとされる。しかし実のところその存在は不明確で曖昧《あいまい》なものである。『名づけえぬもの』では、どこにいるのかも、自分がだれなのかも、今がいつなのかもわかっていない「語り手」がひたすら話し続けるという極めて特殊な小説である。

クッツェーは、ベケットの小説を踏襲しているが、それをよりわかりやすい形で示している。つまり『敵あるいはフォー』の第二部では、「小説とは何か」「フィクションとは何か」自体をテーマとするメタフィクション小説となっているのである。

第一部最後で、スーザンたちは通りがかりの船に救出される。しかしクルーソーはイギリスに到着する前に死亡してしまう。このため第二部ではスーザンとフライデイがイギリスで生活することになる。スーザンは自らの漂流体験を小説に書いてもらおうと、作家のフォーとコンタクトを取る。第二部前半は、スーザンがフォーに宛てた手紙からなる。しかし途中からフォーとは連絡が途絶え、見つからなくなる。

そこでスーザンとフライデイはフォーの家に乗り込むが、フォーは不在なので、そこに住みこんでしまい、なおフォーに手紙を書き続ける。さらにスーザンはフライデイを連れてフォーを捜し回り、突然襲ってくる謎の暴力に耐えながらもフォーを発見し、対話することになる。いささかシュールな展開で、これもベケットからの継承だろう。

第一部の島での話は、スーザンによる一人称回想体で語られているが、第二部になって、この物語がフォーに向かって再構成されたものであることがわかる。

第一部で描かれる島での生活は単調でごく普通のものでしかなかった。クルーソーは脱出を試みてはいないので、ボートを作ろうとも日記をつけようともしない。難破船から逃げ出すときにマスケット銃も持ち出していないし、人食い人種とのバトルもない。事件も新たな発見もない。

第二部で物語作者としてのフォーはこの点を問題とする。小説には出来事がなくてはならない。マスケット銃を持ち出して、人食い人種との戦いが起こらなくてはならない。フライデイの行動には、何か隠された動機がなくてはならない。舌が抜かれているならば、その隠された物語が明るみに出なければならない。第一部にはこうしたものは一切語られていない。小説らしい要素がないが、スーザンはそれが真実なのだと考える。

筆のほうは遅々として進みません。反乱騒ぎとポルトガル人船長の死の後、クルーソーに会って彼の生活がどんなものかをいくらか知った後、さて何を語ればいいんでしょう？　クルーソーとフライデイにはあまりに欲望というものがなかったのです。欲望がなさ過ぎて、逃げたいとも新しい生活をしたいとも思わなかったのです。欲望もなくてどうして物語なんか作れましょう？　あそこはナマケモノの島でした。段々畑作りのことはさておいて。漂流者に関して物語作者たちが今までやってきたことに私は思いをめぐらします。つまり彼らは絶望のあまり嘘をつくようになったのではないでしょうか。

本当の漂流話には、物語作者が叙述するような出来事も展開もないし、秘密の暴露もない。それらは「絶望のあまりについた嘘」なのではないか、とスーザンは言うのである。先に、物語作者のフォーが「私が彼は人食い人であると言えば、彼は人食い人になるのです」と言っていることを引用した。この言葉に表されているように、物語では語られたことこそが真実になってしまうし、私たちは物語の方式で現実を理解している。黒人は物語の中で描かれているように、そして描かれているがごとくにしか存在していない。言葉を持たない黒人のフライデイのような存在が、スーザンら他者によって外側から語られ、決定づけられていることは、第二部のフィクションそのものの性質を問うという構造によってもあぶりだされていくのである。
さらに第二部では、スーザンさえも虚構の存在でしかないことが示唆される。これによって、小説を書くこと自体の暴力性についても、表現されているのである。八〇年代はポストコロニアリズムの理論が話題となっていたが、クッツェーは元欧米の植民地に住む白人として、これを小説の形にして発表したといえるだろう。

【邦訳リスト】

『夷狄を待ちながら』土岐恒二訳、集英社文庫、二〇〇三年
『恥辱』鴻巣友季子訳、ハヤカワepi文庫、二〇〇七年
『鉄の時代』くぼたのぞみ訳、河出書房新社、二〇〇八年
『遅い男』鴻巣友季子訳、早川書房、二〇一一年
『サマータイム、青年時代、少年時代——辺境からの三つの〈自伝〉』くぼたのぞみ訳、インスクリプト、二〇一四年
『マイケル・K』くぼたのぞみ訳、岩波文庫、二〇一五年
『イエスの幼子時代』鴻巣友季子訳、早川書房、二〇一六年
『ダスクランズ』くぼたのぞみ訳、人文書院、二〇一七年
『モラルの話』くぼたのぞみ訳、人文書院、二〇一八年

九章　非非西洋としてのトルコ

オルハン・パムク（二〇〇六年）

私は学生のとき北京に留学していたことがあるが、その時ルームメートだったのはトルコ系のドイツ人だった。留学を終えてから、彼の実家に遊びに行ったが、そこはフランクフルトからしばらく車で行ったところにある小さな村だった。二月だったので、雪が降っており、非常に静かで、日曜日には教会の鐘がよく聞こえるところだった。

ドイツといえば、トルコ系の移民が多いことで知られている。トルコ政府もEU加盟を目指しているが、現在までのところ実現していない。その大きな要因として、トルコ人の多くがイスラム教徒だという点が挙げられている。コンスタンティノープルがイスラムに制圧されてから、イスタンブールになったように、現在トルコのあるところは西側の世界から見て常に非西洋の代表格であり、入り口であった。

第一次世界大戦の後、アタチュルクらによって一九二三年に共和制が宣言され、翌二四年にはオスマン帝国が滅亡する。するとアタチュルクは、イスラムを後進性の象徴と見なした。アラビア文字を廃し、西暦を採用、ターバンを禁止するなど、すべてを西洋的にしようとした。知識人を中心に、トルコ人は西洋的価値観を受容したが、一方で西洋人からすれば彼らは非西洋であった。

西洋なのか非西洋なのか、イスラムなのかイスラムでないのか。

トルコ人作家、オルハン・パムクの小説には、こうしたトルコのアイデンティティの問題や政治的問題がさかんに描かれている。そこには、脱亜入欧ならぬ「脱イスラム入欧」とでも呼びうるような価値観を読み取ることができる。日本でも西洋的価値観が「進歩したもの」のように考えられることが多いのに対して、それに反発して「固有の文化」がことさらに強調されることがあるが、地理や歴史がまったく違うトルコにもそうした対立があることが、パムクの小説を読んでいるとよくわかる。

ただし、日本と異なるのは単に文化をどうみるかの問題だけではないところである。イラクやシリアと国境を接していることもあって、東部を中心にイスラム主義者も少なからずおり、テロの問題も抱えている。イスラムだけでなく、クルド人など、人種問題も存在している。

パムクの描くトルコは、西洋化した知識人の目線を通して見た非西洋として表象される。外国人読者からすると、パムクの描くイスタンブールはエキゾチックであるが、だからといってことさらにその特殊性を外国人に向かって語っているという感じでもない。小説構造としては、ミステリーの要素を加えることによって、飽きさせない形にしていることが多い。ただ、純粋にエンターテインメントのミステリーとは異なり、謎を解くこと、犯人を見つけることがその目的にはなっていない。むしろ、メインとなるストーリーに沿って彷徨《ほうこう》しているうちに、そこに配置されている様々な小さな物語を読む仕組みになっていることが多い。

本書では、トルコのアイデンティティを問題としている小説『黒い本』と『雪』を紹介しよう。

『黒い本』　西洋対非西洋の象徴

小説は一種の表象なので、ある文化的表象をどのように行うのか、何を取り込むのかも課題となる。特に世界的な文学の場合、読者は世界に広がるわけなので、自分が属する文化、もしくは他者の文化をどう表象するとよいのだろうか。また、文化的表象の価値づけをどのような視点から行っていくのかという問題もある。日本人として日本文化を表象するのか、それとも外国人の目線で日本文化を表象するのか。日本人として外国人に向けて表象するのと、日本人に向けてするのでもその方法は異なってくるだろう。

外国人の立場から表象する場合、ステレオタイプに陥ってしまうことも多い。日本人といえば「ゲイシャ、フジヤマ、サムライ、メガネ、カメラ」などといった記号を持ってくるといったものである。こうした文化は確かに日本にある。しかし、日本といえばこれらであると決定づけられるとしたならば、違和感があるだろう。

また逆に日本では、優位にある「西洋」から逆転させて自分たち「日本」を規定することが行われている。「優れた日本独特の文化」というとき、実質的には「西洋ではないもの」を「日本独特の文化」と規定し、それを「優れている」と持ち上げることになる。本当は他にも優れたところがたくさんあるかもしれないが、「西洋ではないもの」としての独自性を主張することになる。これは、明治以降、圧倒的に優位な「西洋」に直面せざるを得なかったためである（江戸時代の国学者は、「中国ではないもの」を「和心」として規定していた）。「西洋」に対する「日本」の意識があるため、テレビ番組等の「日本スゴイ」論は、「海外に認められている」という形を取る。しかし海外といっても欧米のことであって、韓国や中国などではない。

小説家の技術の見せどころは、こうした「ステレオタイプ」からいかに抜け出せるかであろう。また文化的表象を行いながらも、それを外国人に向けて、もしくは自国の人に向けて説明している感じをなくし、自然に溶け込ませなければならない。例えばガルシア＝マルケスはラテンアメリカの原住民の文化を作品の中に吸収しているが、それを他者に向かって説明している感じはしない。

ではパムクの小説はどうだろうか。

イスラム世界という点では、エジプトのマフフーズと共通しているが、その表象の仕方は異なっている。新井政美『イスラムと近代化』（講談社選書メチエ、二〇一三年）によれば、トルコのあるアナトリア地方は、常に西洋対非西洋で捉《とら》えられる場所であったという。近代のヨーロッパ内部の言説では、西洋＝進歩、非西洋＝停滞と考えられた。パムクも、ヨーロッパ内部の言説である「虚構」（西洋対非西洋としての東洋）の図式に乗っかって創作しており、その点がヨーロッパでも受け入れられる要因になっているのではないかという。

例えば『白い城』（一九八五年）では、イスラムの師（ホジャ）が、イタリア人奴隷との間において「近代的自我」のようなものを発見する物語となっている。つまり、「どうして私は私なのか」と問う主体としての自己を発見する物語となっている。また、オスマンのスルタン像も、圧政と専制の象徴として捉えられており、近代以前においてオスマンの支配体制のほうがむしろ繁栄を誇った点は見えてこないとされる。

また、代表的長編『わたしの名は赤』（一九九八年）も、西洋の遠近法を先進的な文明の一要素として描いており、オスマン・スルタン像も『白い城』と同様に遅れたものとして描かれる。新井によれば、パムクを自分たちの価値観とはかけ離れたところで活動をしている作家として敬遠するトルコ人は決して少なくないという。

パムクが「西洋対非西洋」の構図で、しかも主人公や語り手を西洋側の目線に置いているのは確かであるし、西洋＝進歩、非西洋＝停滞という表象が、その作品内に表されていることも確かである。しかしながら、パムクがそれを当然のこととし、まったく無自覚かつ無批判に書き込んでいるわけではないし、西洋人にのみ受けようと創作しているわけでないことも明らかである。

新井が解説している通り、「進んだ西洋対遅れた東洋」の図式は、西洋人が作り出したものであったが、アタチュルク以降のトルコ人はそれを自分たちの内部に取り込んだ。だからその価値観は、ヨーロッパ内部の虚構であるだけでなく、トルコ人自身の内部にある虚構でもある。そもそもパムクはヨーロッパ人のために小説を書いたわけではなく、トルコ語で創作し、トルコ国内でベストセラーになったのであって、世界で読まれるようになったのはその後のことである。

長編小説『黒い本』（一九九〇年）や、『雪』（二〇〇二年）を読むと、「進んだ西洋対遅れた東洋」という価値観と、それに反対する価値観のせめぎあいが描かれている。これはトルコだけの問題ではない。現代において、「西洋」こそが進歩であり、優れたものであるとされ、文化的に優越しているとされている。「非西洋」とされる文化圏ではどこでも、意識的にも無意識的にも「西洋」を優越したものとして認めているし、その価値観に意識的にも無意識的にも取り込まれている。一方でそれに対する反発もあり、その対立のなかで「自分たちとは何か」を考えることを余儀なくされる。そういった意味で、パムクの描き出しているアイデンティティの問題や対立は普遍的だといえるのである。

ミステリー仕立てとアイデンティティの探求

『黒い本』は西洋文明との関係でトルコ文明をどう見るか、どう表象するか、アイデンティティをどう考えるのかがモチーフとなっている。単に文化的表象を作品の中に埋め込んでいるだけではない。全体がミステリー仕立てになっているが、通常のミステリーのように犯人や失踪《しっそう》者を捜索しているのではない。探しているのは文化表象の下にあるはずの「本当の自分」である。「アイデンティティを追求する」というモチーフはよくあるが、パムクはそれをミステリーの構造に転換しているのである。

主人公、ガーリップは、三十代の弁護士である。ある日、結婚して三年になる妻、リュヤーが失踪してしまう。リュヤーは、ガーリップの伯父のメリヒが妻子を置いて海外に行き、モロッコで出会ったトルコ人美女との間にもうけた娘であり、二人はいとこ関係にあたる。メリヒ伯父が海外に行く前にもうけていた息子がジェラールである。つまりジェラールとリュヤーは異母兄妹の関係にあたる。

ジェラールは新聞の人気コラムニストで、長い間、連載を続けていた。リュヤーの失踪と時を同じくして、ジェラールもまた姿を消す。ガーリップは二人を捜して、イスタンブールの様々な場所を捜索する。

ジェラールとリュヤーの居場所の手掛かりは、ジェラールの書いたコラムにあるとガーリップは考える。このため、ガーリップによる捜索と、ジェラールのコラムが交互に登場する仕掛けになっている。捜索を通じ、ガーリップはジェラールの過去や、その記事に隠された秘密、イスタンブールの街についてなどの認識を新たにしていく。

「西洋」の目線とイスタンブールの表象

ジェラールの書くコラムに登場する数々の物語や、そこに描かれているイスタンブールのまちは、非西洋的でありながら西洋的でもある。視点人物のガーリップの目線は、西洋的な近代トルコ人の見方を反映させている。

『黒い本』では、イスタンブールとトルコの様子が詳細に描かれる。その様子には、日常的に「西洋」が入り込んでいる。というより、「西洋」の入り込んだトルコ人の価値観とイスタンブールをさかんに取り上げるのである。

まず、失踪するリュヤーとジェラールの父、メリヒは、フランスでお菓子の勉強をするといってトルコを出たのであった。フランスこそがその「本場」であり、学ぶべきはそのフランスだという価値観を彼らも共有している。リュヤーが常に読んでいるのは西洋の推理小説だし、アラジンの店といういかにもイスラムらしい名前の商店に並べられているのは、西洋の文物であり、その中にはヌード写真集も含まれている。イスラム教徒が多数を占める国では非常に珍しい。

ガーリップが緊急でジェラールを見つけなければならないのは、ちょうどこの失踪の夕イミングでイギリスのＢＢＣが取材にやって来ているからである。ジェラールはコラムニストとして「西洋」に見いだされた存在なのである。しかし、ガーリップが発掘するジェラールの評判は、称賛ばかりではない。このあたりにも、西洋的価値観との複雑な関係が見て取れる。

そのジェラールが書いたコラムにマネキン製造の話がある（第一部六章）。西洋からマネキンがやってきたとき、西洋人を模したマネキンが売れたのに対して、トルコ人風のマネキンをリアルに作り出した親方のものは、受け入れられなかったという。この章も、トルコ人のアイデンティティを問うものになっている。

これに対応して、第一部一七章でガーリップは、イギリス人とともにマネキンづくりのもとへ行く。そこには、「本物のトルコ人」のマネキンが展示されている。六章のコラムは、ここの案内人の祖父の話である。中にはトルコの有名作家や画家、芸術家のマネキンを集めたコーナーもあって、ジェラールのマネキンも置かれている。

何百体もの窮民のマネキンを横目に、地下回廊に続く階段を降り、もはや部屋とも言えぬ泥の洞窟や踊り場を通った。裸電球の下のマネキンは、時に忘れられたバス停で絶対に来ないバスを待ちながら何世紀分もの紅塵と泥濘を浴びる忍耐強い庶民を思い出させ、時にイスタンブールの小路を歩きながら感じた錯覚、すなわち不遇者同士が抱く兄弟愛といったものを蘇らせたりした。袋を手にしたくじ売り。皮肉屋で神経質な大学生。豆屋の丁稚。鳥類愛好家。宝物ハンター。西洋の学問や芸術は東洋からの横どりであると証明すべくダンテを読む者。モスクの尖塔《ミナレット》といわれる部分は別世界に向けた目印であることを証明すべく地図を描く者。高張力ケーブルに接触し、揃って青い火花散る電気ショック状態となり、二百年前の日常茶飯事を思い出すようになった宗教系高校の生徒たち。土壁の部屋に並んだマネキンは、いかさま師、自分自身になれない者、罪人、別人になり変わった者といった風に分別されていた。不幸な結婚をした者。安眠できない死者。墓から蘇った殉死者。顔や額に文字が書かれた謎の人物。この文字の秘密を暴いた賢者。この賢者の後継者たる今日の著名人まで。
(鈴木麻矢訳、藤原書店、二〇一六年)

ここでは、「本物のトルコ人」のマネキンの様子が列挙されている。『黒い本』では、各所でこのように、イスタンブールの様子が列挙されて提示される。詳細に、しかも客観的に情報を書き込んでいくという意味では、ガルシア゠マルケスの方法にも似ている。詳細に情報を書くと、リアルになる一方で、退屈になる危険性がある。ガルシア゠マルケスの場合には、その詳細情報に驚くべきことが書いてあるので、まったく退屈しないのであった。誰もが知っているようなことを列挙したり、物語性のないデータの列挙だったりすれば退屈になってしまうだろう。パムクの描く詳細情報の列挙は超現実的ではないものの、エキゾチックであり、興味をそそられる。

そこで重要になってくるのがやはり視点の問題である。先に述べたように、ガーリップの視点は、近代的な教養のあるトルコ人であり、西洋的な価値観から物事を見ている。だが、『黒い本』は「自分自身になることはできるのか？」ということを問い続ける構造になっている。そうすると西洋的価値観ではない「トルコ」そのものとはそもそも何なのか、という問いが浮かび上がってくる。

また、さきほど引用した部分の最後に、「顔や額に文字が書かれた謎の人物」が出てきている。これは第二部で出てくるイスラム神秘主義と関係してくる。第二部でガーリップは、ジェラールのコラムや捜索を通じ、イスラムの神秘主義に没入することによって、世界がまったく別様に見えるようになっていく。もちろん、その神秘主義なるものも、非西洋的なものとして西洋的価値観から逆成されたものかもしれない。西洋と非西洋の間で揺れ動く視点と価値観を構造化しているのである。いわば、「西洋」の価値観を受け入れた近代トルコ人が、そのフィルターを通して自らの文明を「非西洋」として見てしまったうえで、自らのアイデンティティが分からなくなっていく小説と考えることができる。

こうしてみると、『黒い本』は、西洋的見方を無批判に取り入れ、西洋に向けてトルコを書いたものではない。いかにも「非西洋的」な街の様子の描写や、コラムの数々が掲げられているが、「非西洋」ではない「本当の」トルコを探す物語とも読むことができる。

『雪』の西洋的目線と抑圧

トルコはアタチュルク以降、脱イスラム化が進められ、価値観も西洋的になった。だがそれは、主にイスタンブールのような大都市の人たちや、比較的裕福な人たち、知識階級の人たちである。東部の貧しい地域などでは、イスラム教を旗印に、イスタンブールのような都市部や政府に対抗する動きがある。こうしたイスラム主義者は、イスラムの教えそのものを取り戻すことを目的としているというより、抑圧され、貧困に苦しむ人たちがそれを旗印に集まっていると見なされていることが多い。しばしば、イスラム主義者はテロという手段を用いる。また、東部を中心にトルコはクルド人の民族問題を抱えているし、最近ではイラク・シリアと国境を接していることから、難民問題や政治的問題も出現している。

『雪』の主人公、詩人のKaは、西洋化された裕福な知識人階層の人間である。政治的問題でドイツに亡命し、十二年ぶりにトルコに戻ってくる。Kaが向かったのは、トルコ東部の街、カルスである。ここでは最近、学校でスカーフを脱ぐことを求められた少女たちの自殺が連続で起こった。脱イスラムが進められたトルコでは、学校でイスラムの象徴であるスカーフを着用することが禁止されているが、それに対して抵抗する若者が出てきているのである。また、市長が殺害されるテロも発生、街は次の市長選に向け、緊張感が高まっている。

Kaがカルスにやってきた理由は、少女たちの連続自殺事件や、イスラム主義と政治について ドイツの新聞に書くためである。従って、イスラム主義者にとってKaは、西洋的な目線で自分たちの存在を決定づけようとする存在である。一方で地元の新聞も出てくるが、その発行部数は五百部ほどでしかない。そうした地元の発行物は、外部に対して発言力を持っていないのである。

事件についての聞き込みをしていたKaだったが、その目の前で教員養成学校の校長が撃ち殺される事件が発生する。校長は、スカーフを脱がなかった少女を学校から追い出したため、恨みをかっていたとされる。それからKaは、まず大学時代に同じグループに属していたムスタフに会う。ムスタフはイスラム主義の政党に属しており、市長選に立候補しようとしている。ムスタフによれば、市長選ではイスラム主義が優勢であるが、当局はそれを快く思っていない。

次に、イスラム主義の青年ネジブに会うと、テロの首謀者とされるリーダー、群青に会うことになる。群青は、校長が撃たれたのは政府の茶番であり、イスラム主義者に罪をなすりつけるためだという。

このように、『雪』も「西洋的目線」と「抑圧されている自分たち」という構図を採用している。単に西洋的目線からイスラム主義者やテロリストを書くのではなく、彼らにも語らせている点が物語だからこそできる方法である。

信仰と政治

その後、ある大きな事件が発生するが、物語において大きなウェイトを占めることになるのが、信仰と政治の問題である。中でも、西洋的知識人であり無神論者と見なされるKaと、テロリストの首謀者とされる群青のやり取りが注目である。

例えば、群青は次のようにKaを攻撃する。

「違うよ。あなたは西欧人のスパイなのさ。いや、一生彼らの仲間に入れてもらえない奴隷かな。でも、本物の奴隷とは違って、自分が奴隷だってことに気づいちゃいない。イスタンブルのニシャンタシュに生まれ育って、ヨーロッパ人ぶるあなたが習ったのは、民衆の信仰や伝統を馬鹿にしろってことだけだ。そのせいで、自分こそがこの国の主人でございって顔をしてるのさ。善良かつ道徳的な人間でいようとするくせに、あなたはこの国の民衆と同じ宗教や神を信じて、彼らと暮らしをともにしようとはしない。ただ西欧人の猿真似をしていれば善良な人間になれると思っているんだ」

（宮下遼訳、ハヤカワepi文庫、二〇一二年）

『雪』の視点は、西洋的知識人とされるKaにあるとはいえ、完全にその立場からイスラム主義者を決定づけようとはしていない。むしろ「西洋」から決定づけられることを拒否する立場との対立を表現している。

力を持たないKa

カルスの町の人間からKaは、西洋的知識人と見なされており、ドイツの新聞にドイツ人に向けて自分たちのことを決定づけ、暴く人間だと思われている。そうした力を持った人間側と考えられているのである。だからこそ、テロリストなどもKaを使って自分たちの意見を表明しようともする。

ところが、この小説は「西洋」対「東洋（イスラム）」の単純な図式には還元できない。なぜならKaは、実はドイツでは何も実績を上げておらず、トルコについて発言する力を持っていないからである。このことによって、対立構造はずらされている。単純な図式に基づいて物語化すれば単純な物語になってしまう。しかし実際の世界はそんなに簡単ではない。このあたりの作り方は巧みである。

なおKaがカルスにやってきたのは、実は美女のイペキに会うためであった。あわよくば彼女を連れてイスタンブールへ、そしてフランクフルトへ行き、新たな生活を始めたいと考えているのである。政治的テーマに加えて、恋愛のモチーフを加えているため、この小説はエンターテインメント性も十分に持っている。

文体に注目すると、『雪』は陰鬱《いんうつ》である。暗く、閉塞《へいそく》感がある。Kaには主体性が感じられず、常に受け身のように思われる。カルスの町をさまよってはいるが、ほとんど答えは出ない。この点、パムクはカフカの『城』を意識しているようである。Kaという名前も、『城』の人物Kを思わせるし、雪に覆われた閉塞の空間である点も共通している。

また、作品中、雪は常に神と結び付けられている。信仰についての感覚が、なじみのない日本人にも感じられる。

非非西洋としてのトルコ

パムクは、『黒い本』の中で、推理小説に関するガーリップの考えとして次のように述べている。

推理小説では、イギリス人が出てくればいかにもイギリス人らしく、太った人間は太った人間らしく描かれる。犯人と被害者を始めその他どんな主体も客体も手がかりのような顔をしているし、または作家が手がかりとしての役割を無理強いしているため、本来の姿とかけ離れてしまう。

私たちは普段、物事を典型例で認識している。文学はそこに亀裂《きれつ》を入れる。イギリス人がいかにもイギリス人のように書かれている小説は文学としての価値は高くない。『黒い本』はステレオタイプではないトルコの表象に挑戦しているといっていい。

だが、誰かの目線の入っていない「本当の姿」なるものは存在していない。というより描きえない。パムクは非西洋としてのトルコを、それと自覚しつつ描きつつも、そうではないトルコを提示しようとしているように思われる。だが、その非非西洋としてのトルコも、「本物のトルコ」かどうかはわからないことをテクスト自体が明らかにしている。

「日本スゴイ」論には、非西洋としての日本表象があふれている。それらは引用が繰り返されることによってあたかも「真実」であるかのようになっている。では、そうではない「本物の日本」は描きうるのだろうか。その場合、非非西洋としての日本表象になるのではないだろうか。

【邦訳リスト】

『イスタンブール──思い出とこの町』和久井路子訳、藤原書店、二〇〇七年
『白い城』宮下志朗・宮下遼訳、藤原書店、二〇〇九年
『無垢の博物館』上下巻、宮下遼訳、早川書房、二〇一〇年
『新しい人生』安達智英子訳、藤原書店、二〇一〇年

『わたしの名は赤〔新訳版〕』上下巻、宮下遼訳、ハヤカワepi文庫、二〇一二年
『雪〔新訳版〕』上下巻、宮下遼訳、二〇一二年
『黒い本』鈴木麻矢訳、藤原書店、二〇一六年
『僕の違和感』上下巻、宮下遼訳、二〇一六年

十章　共産主義体制下の静かな絶叫

ヘルタ・ミュラー（二〇〇九年）

旧ソ連、中国、キューバ、旧東ドイツなど、東西冷戦構造における東側を批判的に描いた小説や映画の系譜が存在する。比較的早いものとしては一九二〇年から翌年にかけて書かれたとされるザミャーチンの『われら』や、ディストピア小説（ディストピアとはユートピアの反対で、悲惨な未来が描かれる。二〇世紀は全体主義国家をイメージさせるものが多い）の古典となっているジョージ・オーウェルの『一九八四年』が挙げられるだろう。日本では伊藤計劃《いとうけいかく》の『ハーモニー』などがこのディストピア小説に近い形式を踏襲している。キューバではレイナルド・アレナスによる一連の過激な小説や、映画『苺とチョコレート』『永遠のハバナ』など秀逸な作品が生まれた。旧東ドイツを取り扱った映画としては『グッバイ、レーニン！』や『善き人のためのソナタ』が挙げられるだろう。

ルーマニア出身の作家、ヘルタ・ミュラーの作品も、これらの系譜に位置付けることができる。ミュラーは一九五三年、ルーマニア西部バナート地方のドイツ系少数民族の村生まれで、ドイツ語で創作している。大学でドイツ文学とルーマニア文学を専攻後、金属工場で技術翻訳の仕事につくも、秘密警察への協力を断ったために失職する。その後、代用教員などを行いながら創作を開始した。しかし、ルーマニア国内で創作活動ができなくなったため、八七年にドイツへ出国した。

第一の長編『狙われたキツネ』（一九九二年）では、チャウシェスク時代の窮乏した生活と相互監視社会を描いた。続く『心獣』（一九九四年）も同様に、全体主義をモチーフとしている。

テーマとしては他の旧東側を描いた作品やディストピア小説に近いところがあるが、ミュラーの個性はその文章のスタイルや語り口にあるように思われる。暗く、冷たく、静かに、ギスギスと語る。感情は抑えられているが、しかしその下に澱《よど》んだ負の感情をひしひしと感じるような文である。

ディストピア小説の系譜

全体主義体制では、何よりも国家が優先され、個人はそれに奉仕する存在になる。一九二〇年代という、非常に早い時期に書かれたザミャーチンの『われら』は、西暦二六世紀を舞台としたSFであるが、この世界では「緑の壁」に囲まれた単一国家によって統治されている。人々は同じ服を着て、命令通りに仕事をする。プライベートは一切なく、セックスすらも人口を増やすための手段としか見なされていない。チャウシェスク時代のルーマニアではコンドームの使用と中絶が禁止されたというが、『われら』の段階でそれを見越しているかのようである。

しかし、人間は思考するし、個性もある。国家に対して不満も抱くし、自由も求める。そこで国家は、思考を統制しようとする。多くの人は国家のイデオロギーに自分を合わせることになるが、合わせられない人も当然出てくる。そこで登場するのが監視体制である。人々は常に秘密裏に監視され、自由な行動を取ることはできず、国家に反する意見を持つことも許されない。国家のイデオロギーからはみ出る、あるいは不満を持っていることがそこで発覚してしまうと、処罰が待っている。

こうした体制の中で人々は、個別に夢や希望を持つことは許されない。そして毎日は同じであり、単調で、変化しない。『われら』では、「諸君は病気なのである。その病気の名前、それは想像力である」と語られる。人々が国家に不満を持つのは想像力を持ち、夢や希望を抱くからだ。よってそれを克服すればよい。従って、「願望が何一つなくなった時に幸福がやってくる」とされることになる。国家は、人々に手術を施し、人々の想像力を奪っていく。主人公は、手術によって想像力を奪われた人々を「人間の姿をしたトラクター」と形容している。この表現、実に秀逸だ。だが、最後に主人公も手術を受けさせられ、「幸福」の境地に達する。以上のように『われら』では早くも、旧東側の全体主義を批判する小説の雛形《ひながた》がそろっているといっていいだろう。

続くオーウェルの『一九八四年』も、ビッグ・ブラザーによる全体主義的統治が行われている国家が舞台である。ここでは、真理も歴史も国家が都合のいいように勝手に書き換えることができ、人々はそれを信じるしかない。自由な思想を持つことはできず、常にテレスクリーンによって監視されている。主人公ウィンストンは、その国家の裏側に気づいてしまうが、秘密警察に逮捕され、思想を改造され、ビッグ・ブラザーを愛するようになってしまう。

この系譜の中で、異色を放つのがキューバのレイナルド・アレナスである。アレナスの小説でも、自由に語ることが抑圧されること、監視されること、毎日が単調で希望がないことなどがテーマとなっているが、特筆すべきはその過剰な文体である。個人的な怨念《おんねん》をこれでもかというほど激しく発露する。

アレナスを代表する「五つの苦しみ」シリーズ第二作『真っ白いスカンクどもの館』から例を見よう。共産党体制下では、「社会の求めるもの」のほうが個人に優越するが、アレナスは役割を押し付けられることへ拒否を表明する。

しかしおまえは運命づけられているのだ、フォルトゥナート。運命づけられている、というのもおまえはオネリカとオネリカの子供なのだから、オネリカのために生きなくてはならない。なぜなら人生というのはおまえがこうありたいと夢見るようなものではなくて、必要がおまえに背負わせるようになるものだからだ。
いやだ！
しかし、怒ってはいけない。泣け、泣きたければ。落ちろ、落ちたければ。かわいそうな子。憐《あわ》れんでいろ、そうしたければ。だが、怒る理由はない。（引用者訳）

謎の声が、二人称で主人公のフォルトゥナートに語りかける。語りかけているのが誰かは不明確である。周囲からやってくる目に見えないプレッシャーのようなものだろうか。その謎の声は、「おまえは運命づけられているのだ、人生はこうありたいと夢見るものではなく、必要が背負わせるものなのだ」と言う。自主性を否認する、希望を打ち砕く声である。

アレナスがよく描く単調さについても一つ見てみよう。

あらゆる夜が同じだ。同じだ。そして犬が吠《ほ》える。吠える。吠える。（引用者訳）

何度も繰り返すことによって、感情が増幅されているが、同時にその繰り返しは、変化しない時間も表している。単に犬が吠えているのではない。昨日と同じように犬が吠え、明日も同じように吠え続け、これから先もずっと同じように吠え続ける。アレナスはこういうキューバ社会を「強い光の下での地獄」と語るし、「窒息」と語る。息苦しいのである。

アレナスは「五つの苦しみ」シリーズ第四作の『夏の色』ではキューバ島を沈めてしまう。第五作『襲撃』では、逆に弾圧する側を主人公に据えたディストピア小説を書いているが、これも個人的怨念を爆発させた過激なものになっている。

ミュラーの小説も、アレナスと同様に負の感情がエネルギーとなって言葉になっている。ただし、アレナスほど過剰な爆発ではなく、もっと静かであるが、その文章は恐怖と怒りからできている。ストーリーそのものよりも、その文章そのものにすごみがあるタイプの小説である。

『狙われたキツネ』

一九九二年発表の第一長編『狙われたキツネ』は、小学校教師のアディーナとその親友で金網工場に勤めるクララの二人を中心に語られる。ミュラーは工場勤務をした後、代用教員をやっていたので、おそらく自身の経験したことを多く含んでいるのだろう。

前半は、チャウシェスク政権のもとでの日常生活が描かれる。人民は窮乏状態で暮らしており、絶望から自殺者も出る。アディーナの恋人で兵士のイエリは国外逃亡を常に考えている。監視の目が常に光っており、自由はない。しかし一方で特権階級だけは贅沢《ぜいたく》な暮らしをし、自由に権力を行使しているさまが描き出される。

やがて、アディーナは秘密警察に監視されることになる。秘密警察は、警告のためか、アディーナの部屋に侵入するたびにキツネの敷物の一部を切り取っていく。一方のクララは、弁護士を名乗る恋人パヴェルができる。しかしパヴェルは実は既婚者で、なおかつ秘密警察の大佐であった。物語終盤になると、アディーナは身の危険を感じ、逃亡する。隠れているうちに革命が起こり、独裁者は処刑される。本作品中、独裁者の名前は出てきていないが、チャウシェスクを指しているのは明らかである。

以上がだいたいのあらすじである。『狙われたキツネ』の場合、あらかじめストーリーを知っていたからといってその魅力が減じるものではない。むしろ、その細部を読むようにしたいところである。

監視の空気

全体主義につきものなのが、秘密警察の存在である。人々は常に監視されることを意識しつつ行動しなければならない。また、監視するのは秘密警察だけではない。こうした体制の中では市民も見られると同時に監視者となる。相互監視体制である。

もちろん、監視しているのは人間だけのはずだが、『狙われたキツネ』では植物や動物も監視する。風すらも権力者にへつらい、一般市民につらくあたる。

アディーナがポプラ並木をいつまでも見ていると、ポプラの〈緑のナイフ〉がすっと動いて彼女の首を一刀両断にしてしまう。そのせいで彼女の首はくらくらしてくる。午後は一本のポプラの木さえもじっとさせておくことができないんだわ。現にポプラは夕陽が工場の背後に姿を消すのに要するようなわずかな時間さえもじっとしていないじゃない。早く夕方になればいいのに。夜になればポプラの木だってじっとするようになるんだから。（山本浩司訳、三修社、二〇〇九年）

この引用では、ポプラの木が「緑のナイフ」となって、人々を切り裂いていると表現されている。ギスギスした空気感を表すメタファーで、このポプラの木はたびたび登場してくる。

猫の目にはさっきの濡れ場の映像が残っている。だから何が起こったのかは、誰の目にも明らかなのだ。そうしてみんながその映像についてうわさ話をはじめる。ついさっきまで、工場のなかで立ったままだったり横になったりしてあわただしく愛が打ちこまれていたんだよって。この愛にかんするおしゃべりも大急ぎで行なわれる。猫が姿をあらわしてからは、みんな針金の上に置いた指を一本たりとも動かしはしない。

というのも猫の目に映る像は古びたりしないのだから。

ここではクララの勤めている工場の猫について語られている。この猫は、常に人々の秘密の行為の場所にやって来ては、観察している。その目が映した映像は記録され、やがて流出すると考えられているのである。また、この猫は自らの子供を食い殺すといわれており、食い殺した後だけはしばらく喪に服するので、人間は安全だとされる。おそらく猫も食料が不足しているということなのだろう。

物資が不足しているさまも、たびたび描写される。教員室のトイレの描写を挙げよう。

水槽の上には小さな窓がとりつけてある。それには、ガラスがはまっていなくて、ただクモの巣で覆われているだけである。しかしクモそのものは一度も見かけたことがない。水の流れる音がクモを追い払ってしまうのだろう。ただ壁にはいつも差し込んでくる光の帯ができていて、この光の帯だけは、みんなが新聞紙を両手でもみくしゃにし、ついには活字がかすれて粉々になり、みんなの指が真っ黒になる様子をじっと見つめているのだ。実際、もみしだけば、新聞紙もおしりにちくちくすることはない。

「教職員用トイレにトイレットペーパーを置かないのは」と清掃婦は言うのだ。「新しいロールを三日間つづけて置いておいたのに、その三本が三本ともその日のうちに、しかも十五分もしないうちに盗まれてしまったからですよ。なにしろ三本のロールで三週間はもたせなくちゃならないことになっているんですからね」

窓は壊れていて、ガラスさえはまっていないらしい。そこから入ってくる「光」も、「様子をじっと見つめている」。光に照らされれば見えるわけで、見える以上はトイレの個室の中といえども監視されている空気を感じるのだろう。

トイレットペーパーも不足しているため、置いてあるとあっという間に盗まれてしまう。人々は新聞をもみしだくことによって代用している。

こうした体制のもとでは、人々は声を上げることができない。校長は、新聞紙を一般人が手にできるようになっただけでも、旧体制より進歩していると言って取り合わないのである。貧しさの描写も多い。

顔なじみのくたびれた男たちから刈り取った髪の毛が、床屋の床には散乱していた。どれも脂気がないパサパサした髪で、灰色がかった黒髪もあれば、すっかり灰色になったものもあり、なかには真っ白な毛もあった。まるで床が大きな頭皮になって、そこからふさふさとした髪が生えているようだった。髪のかたまりのあいだをゴキブリが這いまわるせいで、髪の毛が上下にうごめいた。ゴキブリに運ばれているせいで、髪はまるで生きているみたいだった。男たちの頭の上に生えていたときには、生気のかけらもなく生きてなどいなかったというのに。

床屋の描写だが、男たちの頭に生えているときには髪の毛に生気はない。しかし、刈り取られて下に散乱すると、逆に「ふさふさ」と描写される。ゴキブリが動き回るおかげで、生きているかのようであるという。皮肉な描写である。

このように『狙われたキツネ』は、起こった事実そのものを書くというより、その周辺的なところをメタファーを用いつつ描き出すことが多い。不条理でやや超現実的な色彩もあり、それはユーモアに仕立て上げることもできるが、ミュラーはそうはしない。あくまでも冷たく語りかけてくる。

反エロス

ミュラーの描写は全体的に生々しい。ここでは女性の性に関する描写を取り上げてみよう。女性作家ミュラーは男の妄想のベールをはぎ取った形に「性」を生々しく描く。

以下はクララがブラウスを縫っている描写である。

クララは、燃えあがるカボチャみたいになった太陽のもと、大きく股をひらいて座り、両手をさかんに動かしている。太股に食い込むビキニのパンツからは陰毛もはみ出している。彼女の股ぐらにはハサミや白い糸巻、それにサングラスや指貫《ゆびぬき》などが置いてある。

性的対象となる部分がむき出しにされ、そこから逆に男の欲望を奪うかのような書き方である。

「スイカの日々、カボチャの日々」と題された章では、生理の描写が出てくる。

便器のなかに膨れ上がったタンポンが浮かんでいる。水が赤さび色に染まっているのは、タンポンの血を吸い取ったせいだ。便座にはスイカの種のような血痕がくっついている。

股間にタンポンをはさんでいるときには、女たちはスイカの血を腹に抱えているのだ。毎月スイカの日が何日かつづき、スイカの重みを感じる。痛くて仕方がない。

古今東西、生理は不浄なものとして扱われることが多い。男性は積極的に見ようとはしないし、女性側も見せようとはしない。その部分をむき出しに書いている。さらに、その血を男に飲ませる話がしばらく続く。

「〈スイカの血〉を使えばどんな男でもいちころよ」とクララが言ったことがあった。「うちの金網工場の女たちの話ではね、あの人たち、月に一度、晩ごはんに〈スイカの血〉を混ぜたトマトスープを亭主に出すんだっていうのよ。（後略）」

気味の悪い描写である。男に向けてむき出しの性を飲ませているかのようである。本来は隠されているもの、語られていないものを暴いていくのも、小説の方法であり、機能なのである。

悲惨な日常

『狙われたキツネ』では、悲惨な現実が多く書かれている。しかし登場人物たちは、それほど深刻には捉《とら》えていないようだし、不満の声を上げようとも、抵抗しようともしていないようである。例えば「人間はパンも同然」の章では、ブリキ職人が自殺する。それを発見した男は、「腕のいい職人だったが、最後の最後になってずいぶん雑な仕事をしたもんだ」と語る。自殺の仕方が下手だったので、「雑な仕事」と言っているのである。苦しみから自殺するのはあたかも当然かのようである。もちろん、その自殺した死体の様子は冷徹に、しかも生々しく語られている。

悲惨な日常はもはや日常なのであって、特段驚くべきことではないとでも言うかのようである。声を上げることも、行動することも制限されているから、誰も声を上げようとはしない。声を上げるにしても、皮肉な冗談を言うか、ちょっとした不満を述べる程度である。ソ連では作者不明のアネクドート（小話）がたくさん作られたというが、そうした形でしか表現することができなかったともいえる。

だが、それさえも取り締まられてしまい、最悪殺されることもある。実際、ある登場人物は冗談が原因で殺されてしまう。もちろん、逃げ出すこともできない。亡命しようとすれば、射殺されて小麦畑の肥やしにされてしまう。人々は人間の死体で育った小麦を食べているという冗談も語られる。

旧東側に属していた人のディストピア小説は鬼気迫るものが多い。こうした小説を書くこと自体が反逆なわけで、場合によっては殺される。命がけで書いているのだから、緊迫感が違う。

『心獣』の渦巻く澱んだ感情の詩的言語

長編小説第二作『心獣』は、語り手の女性「私」と三人の男性エトガル、クルト、ゲオルクを中心とする物語となっている。前半部分では、「私」のルームメートであるローラについて主に語られる。ローラは党や体育教師に取り入ろうと画策するが、首をつった状態で発見される。後半では、中心となる四人が反体制的な詩を作り、国外に情報を流そうとするが、秘密警察らに追い詰められる話となっている。

本書は、『狙われたキツネ』よりいっそう、ストーリー性は乏しくなっており、断片的な場面の集積になっている。ストーリーよりも、その語られた言語を読む作品である。全体的な特徴は『狙われたキツネ』に共通しているが、こちらは一人称体を採用していることによって、『狙われたキツネ』よりも感情が織り込まれる。

そして、現実を超えたイメージのような語りにもなる。

ベルトのうちの一本に、草色の一本に血が滴る。子どもは知っている、血が出ると死んじゃうんだ。子どもの目は涙で濡れ、母親がぼやけて見えてしまう。母親はその子を愛している。彼女の愛は中毒のようで、自分を抑えることができない。なぜなら、彼女の分別が愛に縛りつけられているからだ。ちょうどその子が椅子に縛りつけられているのとまったく同じように。子どもは知っている。母さんは愛に縛りつけられていくのとまったく同じように。子どもは知っている。母さんは愛に縛りつけられて必ず手を切ってしまうんだ。切った指を部屋着のポケットに突っ込み、必ず中庭へ出ていく。指を投げ捨てに行くふりをして。誰にももう見られない中庭に出ると、子どもの指を食べるにちがいない。

『心獣』に明るいページは一つもない。すべてのページに澱んだ感情が渦巻いている。その詩的言語が素晴らしい。現実に起こっていることと、詩的イメージがうまく融合している。ネガティヴな感情がネガティヴなイメージに転化しているし、言葉のリズムがいい。この手の話法は日本語にするのが困難だが、うまく翻訳されている。

また、本書の人物のセリフは、直接話法によっては表出されない。鉤括弧《かぎ》はなく、地の文に埋め込まれる。こうすることによって現実的ではなくなり、イメージの世界であるように感じられる。また、執拗《しつよう》な繰り返しのリズム（リフレイン）が使われる。リフレインが使われると叙情的になるが、ミュラーの場合、それは負の感情である。迫りくる緊迫感と絶望を執拗に繰り返す。語り手たちを追い詰める「大尉のピジェレ」とのやり取りの一部を見よう。

大尉のピジェレが尋ねた、誰がそれを書いたんだ。私は言った。誰かが書いたのではありません。民謡なんです。だったらそれは人民の財産だ、だから人民は詩を書き続けてもよいのだ、と言った大尉のピジェレ。ええ、と私は言った。それじゃ、ちょっと詩を作ってみろ、と言った大尉のピジェレ。私には詩を作れません、と私は言った。だがわしが、と言った大尉のピジェレ。わしが詩を作る。お前はわしが作った詩を書くんだ。わしら二人がともに楽しめるように。

直接話法で会話が表出されるより、非現実的な感じがするし、物語世界との距離を感じる。

ミュラーの描く世界では、声を上げることも、逃げ出すことも、夢を持つことも許されない。これがリアルなのであろう。先に引用したアレナスの『真っ白いスカンクどもの館』でも、次のような文がある。


今、私たちはあらゆる夢が砕ける現在に存在することを運命づけられている。私自身を砕くことはゆるされないのに。（中略）

それに泣くことはできない。

それに何も求められない。

それに吠えることもできない。

それに祈ることもできない。（引用者訳）

アレナス流は、負の感情を爆発させる語り方であるが、その根底にある感情は、ミュラーとよく似ているように思われる。

私は二〇一〇年に韓国で行われた比較文学の学会で、ゲストとして来ていたミュラーが自作短編を朗読するのを聞いたことがある。その際の語り口も、暗く、冷たく、しかし迫ってくるかのようであった。渦巻くネガティヴな感情の表出は、本当に窒息しそうな空気の中で暮らさないと、そう簡単には生み出せるものではないように思われた。

【邦訳リスト】

『狙われたキツネ　新装版』山本浩司訳、三修社、二〇〇九年
『ヘルタ・ミュラー短編集　澱み』山本浩司訳、三修社、二〇一〇年
『息のブランコ』山本浩司訳、三修社、二〇一一年
『心獣』小黒康正訳、三修社、二〇一四年

二〇〇〇年代のその他の作家

その他、二〇〇二年にはハンガリーのケルテース・イムレ、二〇〇四年にはオーストリアのエルフリーデ・イェリネク、二〇〇七年にはイギリスのドリス・レッシング、二〇〇八年にはフランスのル・クレジオが受賞している。こうして並べてみると、二〇〇〇年代は二〇〇五年のハロルド・ピンターが劇作家であることを除けば、ほとんど小説家が受賞していることがわかる（高行健とイェリネクは戯曲も書いているが）。詩人の受賞がない十年

間であった。

イムレは、ナチスによるホロコーストの生存者で、『運命ではなく』は少年の目線からアウシュビッツを描いている。アウシュビッツの当事者であることが受賞理由になっていることは否めないが、それにしても悪くない小説である。イェリネクは、本書が扱っている範囲の受賞作家の中では、群を抜いて難解な作家である

ドリス・レッシングは先進国の「女性」をテーマに描いている。『破壊者ベンの誕生』は子育てがテーマだし、『暮れなずむ女』では、高等教育を受けた女性が家庭に入っていたところから、社会とかかわりを持つようになる話があり、日本人女性にもテーマ的には合うかもしれない。先進国の女性の問題を取り上げる小説を書いている作家は、ノーベル文学賞では他にいない。おそらく、選考の際に「女性を描くものを」という考えがあったと思われる。

ル・クレジオは六〇年代にデビューしたときは実験的作風であったが、後に南米やアフリカ、韓国など、非西洋文明を描くようになる。西洋人の立場から西洋を相対化しようとする姿勢が受賞につながっているように思われる。

二〇一〇年代

十一章　ペルー、あるいは梁山泊

マリオ・バルガス＝リョサ（二〇一〇年）

二〇世紀後半はラテンアメリカ文学が世界的なブームになり、優れた作家が数多く誕生した。そのうち小説でノーベル文学賞を受賞したのは、一九八二年のガルシア＝マルケスと、二〇一〇年のマリオ・バルガス＝リョサの二人である。

ラテンアメリカ文学は全体的に前衛的手法を用いたものが多い。バルガス＝リョサも若いころの代表作『緑の家』は実験的な構成を用いているが、比較的素直な作品も多い。内容の面でも、ガルシア＝マルケスのような奇想天外なエピソードではなく、現実的な出来事が描かれる。ユーモアも少ない。その点において両者は対照的だが、物語そのものがおもしろいという点においては共通している。大江で論じたような抽象的観念に従って設計されているわけでもないし、かといって読者を引き付けるような通俗的ストーリー展開でもなく、プロットに凝っている感じもない。それなのになぜか退屈しない。不思議である。こんなにも長く、一見起伏もないのに、最後まで読めてしまう。私はバルガス＝リョサの術中にはまっているのかもしれない。

バルガス＝リョサは、一九三六年、ペルー南部のアレキーパ生まれ。子供のころから文学好きであったが、その柔弱な性格を叩《たた》きなおすべく、軍人養成を目的とした「レオンシオ・プラド学院」に入れられてしまう。一九五八年に大学を卒業後、マドリッド大学に留学、ついでパリに滞在中の一九五九年に短編集『ボスたち』で作家としてデビューした。一九六三年に「レオンシオ・プラド学院」のひどい実態を暴く小説『都会と犬ども』が高く評価される。一九六六年には、代表作に数えられる『緑の家』を完成させた。その他、『世界終末戦争』（一九八一年）をはじめとして、物語性に富んだ長編小説を多く出版している。一九九〇年には、ペルーの大統領選にも出馬し、フジモリに決選投票で敗れたことでも知られている。

ここでは、代表作とされる『緑の家』と『世界終末戦争』を見ていく。

『緑の家』　多数の人物、バラバラの時間、並行する物語

ペルーは旅行するのにいいところである。首絞め強盗にあうリスクはあるが、強盗以外の人たちは明るくて気さくだ。また、その国土は変化に富んでいる。北東部はアマゾン源流地域であり、密林地帯が広がるが、リマから海岸沿いに走ってナスカに至るあたりは、ほとんど雨が降らず、砂漠になっている。バルガス＝リョサの出身地、アレキーパは白い家が立ち並ぶコロニアル風の町である。さらにアンデス山脈のほうに行けば、古都クスコ

や、天空都市マチュピチュ、ティティカカ湖などもある。

『緑の家』の舞台は、密林地域の町サンタ・マリーア・デ・ニエバ、およびイキートスと、北西部にある砂漠地帯の町ピウラで、足かけ四十年にもわたる出来事が語られる。物語はまず「軍曹」を中心とする治安部隊と修道院のシスターがボートで川を走っているシーンから始まる。修道院のシスターは、原始的な生活を営んでいる原住民の少女たちを拉致《らち》し、文明とキリスト教を教えている。白人たちは、原住民にキリスト教を教え、「文明」を伝えることがいいことだと信じて疑っておらず、原住民を野蛮人と見なしているのである。

修道院に連れてこられた原住民の少女、ボニファシアは、拉致された少女たちを憐《あわ》れに思い、ある日そこから逃がしてしまう。ボニファシアはこれが原因で修道院を追われることになる。その後彼女は治安部隊の「軍曹」と恋仲になって結婚し、「軍曹」の生まれ故郷であるピウラの町に連れていかれる。

そのピウラの町では、かつて放浪の歌手アンセルモが売春宿「緑の家」を建てていた。「緑の家」は、大いに繁盛していたが、これを悪魔の仕業と見なす神父によって焼き討ちにあう。その後、「緑の家」はアンセルモの娘によって再建され、アンセルモはそこのハープ弾きとなる。

この『緑の家』は、通常の小説のように主人公を中心とした物語にはなっていない。非常に多くの人物が登場するほか、時系列もバラバラにされる。いくつかの物語が並行して進んでいくスタイルになっているが、それがいつなのか、どこなのかは極めてわかりにくい。並行して進んでいく一見関係のなさそうな物語を読み進めていくうちに、徐々にそれらがつながっていることが明らかになってくる。

ボニファシアやアンセルモを中心とする物語のほか、主要なものとして日本人フシーアを中心とする話と、ピウラの町の若者、リトゥーマを中心とする物語が挙げられる。日本人のフシーアは、ブラジルで投獄されていたが、脱獄してアマゾン奥地に身を潜めていた。密林地帯の原住民は、ゴムの取引で搾取されていたが、部族長のフムはこれを改めようとして拷問にあう。フムはやがてフシーアを頼るようになる。リトゥーマはある事件で投獄されるが、釈放されて戻ってくる。

時間的な前後関係や、登場人物相互の関係は、しばらく注意して読み進めないと明らかにはなってこない。同じ「緑の家」という言葉が使われていても、アンセルモの作った「緑の家」と、再建された「緑の家」があって、かなり読み進めないとその区別がわからない。間をあけずに読むか、メモを取るかしないと、わけがわからなくなってしまうかもしれない。

断片と話法

通常の物語は、A→B→C→Dのように、時系列に従って進んでいく。回想構造を取る場合には、「現在」から始めて過去に戻り、そこから語り始めることもあるし、意図的にある出来事を語らないでおいて飛ばし、後から語る構成方法もあるが、多少語る順番を前後させるにしても、「AがあったB結果Bになり、Bになった結果Cになる」のように、出来事相互のつながりを明らかにしながら進んでいく。

ところが、『緑の家』はそうなってはいない。各断片は、ある「物語の現在」が示されるだけであり、その「現在」が、別の「現在」とどうつながっているかは、説明しない。それぞれのピースのつながりがどうなっているかは、読者自身が少しずつ構成していかなければならなくなっている。各断片の作り方は、大きく分けて次の三種類ある。

①地の文による要約的語りを主とするもの
②直接話法による会話を主とするもの
③地の文の中にセリフが埋め込まれるもの

①は、時系列的に最も古い、アンセルモがピウラにやってきて「緑の家」を建てる物語の語りなどに用いられる。アンセルモが初めて登場するシーンを見てみよう。

十二月の焼けつくように暑い夜明けに、ひとりの男がピウラの町にたどり着いた。

つば広の帽子に軽いポンチョをまとった男が、よろよろ足を引きずっているラバにまたがって、南の砂丘からだしぬけに姿を現わした。夜明けの光が舌のように砂丘を這いまわっていた。（木村榮一訳、新潮社、一九八一年）

このような語りを採用している断片では、地の文で出来事が要約的に語られ、会話が少ない。物語の背景を説明するかのような語り方になっている。通常の小説では、メインとなる物語を「現在」に据え、その「現在」の背景的説明として過去を織り込むことは多いが、その場合はメインの物語に埋め込まれるのが普通である。漫画などでも、「主人公には実はこんな過去があったのだ」のように、エピソードが挿入されることがある。ところが『緑の家』で要約的に語られている断片は、メインのストーリーに明示的に関連づけられてはいない。読み進めていくうちに読者がつなげなければならない。

そして、この小説で最も多い語りの形式になっているのが②である。この語り方では、登場人物同士の会話によって断片が構成されているため、地の文の割合が少なくなる。

ボニファシアが拉致されてきた原住民の娘を逃がしたところから、一部引用する。

「生徒たちが逃げ出したのに、どなたも気づかれなかったのですか？」と行政官が尋ねた。「町のほうはべつに変わったことがないようですから、おおかた密林へ逃げたんでしょう。」

「果樹園の出入口から逃げ出したものですから、わたくしどもも気がつかなかったんですよ」とシスター・アンへリカが説明した。「このおばかさんが鍵を盗まれたばかりに、こんなことになって。」

「ばかだなんて言わないで下さい、シスター」とボニファシアは目を大きく見開いて言った。


会話を中心にしていく方法は、日本ではエンターテインメント小説によく見られる。会話中心に進む場合、地の文はその補足的な役割になる。その場合、映像的になり、登場人物たちが会話している「現在」が今まさに生起しているような感じになる。

『緑の家』は、こうした断片が非常に多い。このため、ある「現在」を切り取ったものが、相互の関連不明のまま次々に読者の前に提示される。ただし、同じ直接話法中心の語りとはいっても、その内容は微妙に異なっている。引用した箇所のように、その物語の「現在」をそのまま示しているように見えるものもあれば、フシーアとアキリーノの会話のように、会話によって過去にあったことを語る形式になっているものもある。

次の第三の形式が「地の文の中にセリフが埋め込まれるもの」である。

明け方、目を覚ますと、船で発とうと思って崖を下りるが、ランチが見当たらない。アドリアン・ニエベス、それにロベルト・デルガド伍長とポーターはそれぞれ二手に分かれてランチを探しはじめる。だしぬけに叫び声が聞こえ、石が飛んでくる。裸虫だ！　伍長はむこうでアグアルナ族の者たちに取り囲まれて棒で殴られているし、ポーターも同じ目に会っている。インディオたちはニエベスに気づいて駆け寄ってくる。畜生！　アドリアン・ニエベス、今度はお前の番だぞ！　彼は川に飛び込む。

地の文に会話を織り込む形にすると、直接話法の会話よりは物語世界との距離感が出る。このため、今現在の状況を映しているというよりも、過去の場面を語っているような印象になっている。この③の語り方の場合にも、やはり人物のセリフが占める割合が多い。『緑の家』は、地の文で語り手が語るというより、人物のセリフを中心とした、劇のような構成になっているといっていいだろう。

なぜこのように断片によって語り方を変えているのだろうか。この小説は時系列通りに進むようになっていないので、語り方を変えることによって強弱をつけているほか、場面の転換をわかりやすくする意味もあるのだろう。

通常のように、主人公を中心とした物語構成にした場合、当たり前だが、その主人公を軸として物語を見る。また、出来事同士を因果的に捉《とら》え、順序付けて読む。それに対して

『緑の家』では、同一平面上に並んでいる複数の出来事、複数の人物を並置された物語として読むことになる。複数の物語を同時並行させることによって、大きな物語世界全体を読む小説となっているのである。

また、一見並置された物語は相互の関係がないように見えるのだが、後半になるにつれてその関係が明らかになるように作られている。というよりも、最初はあえて相互の関係がわからないようにしているのである。そのための工夫として、登場人物を二重の名前で呼ぶことが挙げられる。例えば、ある軸で「行政官」「軍曹」「ラセルバティカ」などと呼ばれている人物が、実は別の断片では本名で呼ばれているという具合である。読者はしばらくそれが同一人物であることに気がつかない。それらがつながりだしたときに、読者が一種のカタルシスを感じる仕掛けとなっているのである。

さらに、現在行われている会話の中に、過去の会話を埋め込むことも行っており、過去と現在を同時に見せる手法も用いている。

『緑の家』には、特定の主人公が存在していない。非常に多様な人物、多様な物語を並置し、なおかつそれらが絡め合わされる。それによってペルーという空間の現実が浮き彫りにされていく。

修道院のシスターや神父は、この小説では独善的な存在として描かれる。修道院はインディオの少女を拉致し、キリスト教徒にすることを善だとしか考えていない。そうしてキリスト教徒になった彼女たちは、「野蛮人」を脱するものの、ペルーの中で低い階層に位置づけられるしかない。また、アンセルモの作った最初の「緑の家」は、神父によって焼き討ちにあう。神父はそれを正義として執行しているのである。

　また、インディオたちは現金を扱うような交易に慣れていないため、ゴムの取引では白人たちに搾取されている。歯向かうことは許されず、もし歯向かったならば報復を受ける。その取引を取り仕切っているのは行政官であり、それを切り崩そうとするのは日本人設定のフシーアである。ここからもわかる通り、文明と「未開」の出会いが、この小説の一つのテーマとなっている。「未開」の部族と密林については、『密林の語り部《べ》』などでも、バルガス＝リョサはテーマとして取り上げている。

　もちろん、数々の出来事の中では、愛憎劇も語られる。リトゥーマとボニファシアや、アンセルモとアントニアなどはその代表である。すべてがつなげられるエピローグでは、人生のはかなさ、もの悲しさを感じさせるまとめ方になっている。

　以上に見られるように、『緑の家』は前衛的な構成方法を採っている。こうした奇抜な方式を採用したのは、このころの流行に乗ったためだろうと思われる。その前衛的手法にもかかわらず、伝統的な物語要素をしっかりと感じるし、現実を描こうとする意志が感じられる。バルガス＝リョサは、本質的にはリアリズム志向の作家なのだろうと思う。

『世界終末戦争』

一九八一年発表の『世界終末戦争』も、バルガス＝リョサの代表作の一つに数えられる。二段組みの単行本で、七百ページあまりとあって、手に取るとまずそのボリュームに圧倒されてしまう。しかし『緑の家』よりは素直な構成方法なので、比較的読みやすい。まずこの長大な物語の冒頭を読んでみよう。

男は長身でひどくやせていた。正面から見てもいつも横を向いているように見えた。肌は黒く、体は骨ばって、瞳には永遠の炎が燃えていた。羊飼いのサンダルをはき、大きくたるんだ長衣を身にまとっていた。(旦敬介訳、新潮社、二〇一〇年)

「男」は、肌が黒く、瘦《や》せているのに、その瞳には「永遠の炎」が燃えていると描写されている。強い意志と、異様さが感じられるはじまりである。

この「男」が、のちにコンセリェイロ(「助言をする人」の意。カウンセラーと同語源)と呼ばれるようになる説教師である。舞台となるのは、ブラジルのセルタンゥと呼ばれる非常に貧しい地域であり、本書でも扱われる一八七七年から七九年の大旱魃《かんばつ》では、数十万人が死んだといわれている。

キリスト教には終末思想があり、初期のころから「世界は間もなく滅びる」という考えがあったとされている。飢餓など不幸な出来事が重なると、「間もなく世の中滅びる説」が登場しやすい（もちろん、中国でも飢餓が訪れると定期的に「間もなく弥勒《みろく》の世の中がやってくる説」が流行して反乱になるから、キリスト教のせいだけではないが）。

コンセリェイロは、こうした終末思想を軸に、貧しい村を遍歴しながら、説教をしていく。彼の後ろに、貧しい人たちが次々についてくるようになり、やがて大きな集団となる。その影響力が大きくなってくると、彼らの一団はジャグンソ（反徒、盗人）と呼ばれるようになり、警戒される存在となる。一八九〇年代に彼らは、カヌードスという町を根拠地にすることとなり、九七年にはその「カヌードスの反乱」が起き、軍との戦争となり、鎮圧された。

この実際にあった事件「カヌードスの反乱」をフィクション化したのが『世界終末戦争』である。

物語前半の構成は、『水滸伝《すいこでん》』のようである。『水滸伝』は、梁山泊《りょうざんぱく》に集まることになる一〇八人の好漢たちのエピソードの集積から成り立っているが、本書もコンセリェイロのもとに集まってくる人たち一人ひとりのエピソードがそれぞれ語られていく。各エピソードは要約的であり、叙述の速度はかなり速い。非常に分量が多いにもかかわらず、飽きずに読み進めやすいのは、一つにはこのためである。

『世界終末戦争』が優れているのは、なんといってもその構成力であろう。単に多数のエピソードを羅列していくだけではない。コンセリェイロの一団とは異なるが、革命を志している点では共通するスコットランド人ガリレオ・ガルを軸に進めてみたり、目撃者として「近眼の記者」を配置し、その視点からも語ってみたりする。ガルを利用して陰謀をたくらむ新聞社の経営者もいる。反乱によって土地を奪われた男爵（王党派）は、当然コンセリェイロ一団を憎んではいるが、一方でその制圧に向かう共和国派の大佐とも対立している。『緑の家』とは異なり、実験的な構成ではないものの、独立した複数の出来事を一つにまとめあげている点では共通している。これによって事件全体を複合的に描いているのである。

コンセリェイロのもとに集まってくる人々は、かつて奴隷で主人の家の娘を殺したジョアン・グランジや、ジョアン・サタンと呼ばれたジョアン・アパージなど、悪人も少なくない。聖母マリア・クアドラートの過去の秘密も後半では暴かれるし、カヌードスに協力する司祭も、かつては退廃した男であったことが明らかになる。

ただ、語り手はこの一団に対して、あるいはカヌードスの反乱全体に対して、肯定も否定もしていない。もちろん、その他の人物についても価値判断を差し控えている。それらは、ただ提示されるだけである。主要なテーマとしては、政治的対立、貧困、反乱、信仰などが描かれているが、それに対する価値判断も少ない。さらに、この事件の中心であるはずのコンセリェイロについては、全体の分量からすればごくわずかしか語られていない。

コンセリェイロそのものはほとんど描かず、その周りを描くことによって、その中心であった彼は何だったのかを描く構成となっている。無数の物語の集積で全体を作り上げる手法で、長編小説でなければできない。

文体のレベルでいえば、『世界終末戦争』は非常に素直であり、ノーベル文学賞受賞者の中でも、ラテンアメリカの作家の中でも、個性は強くない。そのあたりはバルガス＝リョサのジャーナリスティックな関心からきているのだろう。

前述の通り、ラテンアメリカ文学の受賞者は、八二年のガルシア＝マルケスとこのバルガス＝リョサの二人である。バルガス＝リョサは『百年の孤独』の評論も出しているが、作風はまったく異なる。奇想天外な小説が多いラテンアメリカ文学の中で、ノーベル文学賞は比較的リアリズムに近い小説を得意とするバルガス＝リョサを選んだ。おそらく、ガルシア＝マルケスとは大きく異なっていることも、受賞に優位に働いたのではないかと思われる。

【邦訳リスト】

『若い小説家に宛てた手紙』木村榮一訳、新潮社、二〇〇〇年
『チボの狂宴』八重樫克彦・八重樫由貴子訳、作品社、二〇一〇年
『世界終末戦争』旦敬介訳、新潮社、二〇一〇年

『緑の家』上下巻、木村榮一訳、岩波文庫、二〇一〇年
『都会と犬ども』杉山晃訳、新潮社、二〇一〇年
『密林の語り部』西村英一郎訳、岩波文庫、二〇一一年
『悪い娘の悪戯』八重樫克彦・八重樫由貴子訳、作品社、二〇一一年
『アンデスのリトゥーマ』木村榮一訳、岩波書店、二〇一二年
『つつましい英雄』田村さと子訳、河出書房新社、二〇一五年
『楽園への道』田村さと子訳、河出文庫、二〇一七年

十二章　中国版「魔術的リアリズム」

莫言（二〇一二年）

高行健のところで触れた通り、一九八〇年代の中国は、それまで読めなかった海外の文学が大量に流れ込み、それを吸収した時代であった。しかし、いくら海外の文学が優れているのを認めるにしても、そのまま模倣するだけではおもしろくない。八〇年代も中ごろになると、作家たちは「中国らしいもの」を求めるようになっていく。

作家たちの一部が「中国らしいもの」に目をつけ始めたとき、流行することになったのが、ガルシア＝マルケスと「魔術的リアリズム」である。ガルシア＝マルケスの小説は、ヨーロッパ的教養の上に成り立ってはいるものの、その取り上げられている要素はラテンアメリカの現実であり、土着の文化である。また、その書き方は西洋のモダニズムとも異なったものに見えた。

ガルシア＝マルケスをはじめとするラテンアメリカの「魔術的リアリズム」が流行する中で、「中国版魔術的リアリズム」とも呼ばれうるような一群の小説が生まれた。その中で特に成功を収めたのが莫言である。

莫言は一九五五年、山東省の田舎出身で、小学生の時に文化大革命が起こる。一九七六年に人民解放軍に入隊、一九八五年に短編小説『透明な人参《にんじん》』でデビューした。翌一九八六年に長編小説『赤い高粱《コーリャン》』を発表、八七年に張芸謀監督がこれを映画化し、ベルリン国際映画祭で金熊賞を受賞した。長編小説はどれも長いが、日本でも相当数の読者を獲得している。

初期の莫言は、自らの出身地である山東省の村をモデルとした一連の小説を書いており、『赤い高粱』もそのうちの一つである。日中戦争を、民間のレベルから書いていく。一般的に歴史というのは、政府を中心とした社会の上層部を中心に描かれるが、この小説ではそれは描かれない。このような取り組みは、フォークナーやガルシア＝マルケスの影響により、八〇年代の中国によく見られた現象である。

莫言の小説は、しばしば「魔術的リアリズム」と呼ばれるように、その書き方もガルシア＝マルケスの影響が濃厚である。しかし、この当時、中国文学界は『百年の孤独』の「魔術的リアリズム」を明らかに勘違いして理解していた。初期莫言はこの「勘違いした魔術的リアリズム」を自らの創作に取り入れることによって、新たな表現を確立した。

初期莫言を代表するのは『赤い高粱』であろう。『赤い高粱』は、日本語訳では『赤い高粱』と、『続　赤い高粱』（共に井口晃訳、岩波現代文庫）が出ているが、もとは一冊に収められている。ノーベル文学賞を取るまで全体が翻訳されていなかったのは、最初の『赤い高粱』だけでまとまっており、『続』のほうは連作短編のようになっているからであろう。また前半のほうができがいいということもある。

莫言の小説は、猥雑《わいざつ》で土着的で、エロく、汚い。そして話が長い。やや冗長になるものもあるが、読ませるパワーがある。逆に短い中にぎゅっと詰め込むのは得意ではないようで、中短編はやや粗雑に見えてしまう。やはり長編がいい。

初期の長編『酒国』などはボルヘスなどの小説構造を取り入れたものになっており、大げさで楽しめる。その他、『白檀《びゃくだん》の刑』が比較的読みやすくておもしろい。

『赤い高粱』

初期を代表する長編小説『赤い高粱』は、日中戦争時代の山東省を舞台とする。主要な「物語の現在」は、語り手の祖父である余占鰲《ユィチャンアオ》と、語り手の父で少年の豆官をはじめとする一団が、日本軍に対してゲリラ戦を仕掛けようとしているところである。前半は日本軍の非道ぶりが書かれているので、受け入れられない人も多いかもしれない。

日本軍に対して抵抗した人たちは、戦後「英雄」として、描かれることとなった。『赤い高粱』でも、冒頭部分では「英雄」と形容されている。

だが実際のところ、余占鰲はごろつきの頭のような人物であって、理想的な「英雄」とは程遠い人物である。その余占鰲が日本軍にゲリラ戦を挑んでいくところと、それより以前の話、主に余占鰲と語り手の祖母を中心とする話が交錯する形で進む。この過去の話によって、余占鰲は英雄は英雄でも、アウトローの英雄であることが判明していく。

中国は一九一一年の辛亥《しんがい》革命で清朝が滅亡し、中華民国となったが、中華民国は私たちが考えるような「国家」の体裁はしていなかった。各地は軍閥によって支配されていたし、食べられない人たちは盗賊になった。盗賊は武装するから、一般の人たちも武装しなければ身を守れない。この時代、一般の人たちも、盗賊も、軍隊も、実際のところそれほど大きな差はない。どの集団に拉致《らち》されるかで、自らの所属が決まることも少なくなかったようで、そうした記述は中国文学に非常に多く登場する（一般書では福本勝清『中国革命を駆け抜けたアウトローたち』中公新書がおもしろい。このあたりの事情がよくわかる）。

『赤い高粱』で描かれる舞台も、こうした戦国時代状態である。黒澤明の『七人の侍』の世界を思い浮かべるとわかりやすいかもしれない。『七人の侍』では、野伏《のぶせり》たちが村を襲っており、村人はその助《すけ》っ人《と》として七人の侍を呼んでくるという構図であるが、実際には防衛側の侍と野伏は同じような人たちであったことが指摘されている（四方田犬彦『「七人の侍」と現代―黒澤明再考』岩波新書二〇一〇年）。また、農民も無垢《むく》ではなく、時には武装し、侍を狩る存在であった。女は略奪の対象とされ、犯される。お上は役に立たない。

『赤い高粱』の余占鰲は、豪胆なごろつきであり、女を略奪する存在である。しかし、この小説では、奪われる側の「祖母」もまた、豪胆であり、単に男の欲望の対象となるものではない。役人も登場するが、これがまたごろつき集団と大差がない連中である。

七〇年代までは、日本軍と戦う英雄は英雄として書かれるのが通例であった。「社会主義リアリズム」では、進むべき理想が極めて図式的に描かれており、いったいなにが「リアル」なのかわからない。この小説ではまったくそのようではない。猥雑で、汚い世界を描いている。八〇年代当時、こちらのほうがリアルに感じられたのは確かであろう。

中国文学界の勘違い

莫言の小説には「魔術的リアリズム」と形容がついていることが多い。しかしガルシア＝マルケスをはじめとしたラテンアメリカ文学に親しんでいる読者からしたならば、これのどこが「魔術的リアリズム」なのかといぶかしがるかもしれない。

そこには、中国的な事情があった。

中国では、「魔術的リアリズム」とは最初、評論において「現実を幻想に変えてなおかつその真であることを失わない」という定義で受け入れられたのである。『百年の孤独』の文体は、現代人の感覚から見てありえない出来事を、ごく当たり前のことであるかのように描くというものであった。

ところが、「現実を幻想に変えてなおかつその真であることを失わない」ものが「魔術的リアリズム」と考えられた中国では、まったく逆に「現実を魔術的・幻想的に書く」ことが流行することになった。しかも、中国で「現実」というのは「政治的な現実」に容易につながる。例えば別の長編『酒国』でも、現実の政治を超現実的に仕立てて風刺しているが、これも「現実を魔術的」に描いているのであって、「現実が魔術的」なのではない。莫言はさらに、現実を幻想的に変えるために、「誇張」や「象徴」を取り入れ、「現実」を過剰に仕立てあげていくことを得意とするようになった。

『赤い高粱』の文体

『赤い高粱』に書かれている内容も、その文章表現も、特徴をまとめるとすれば「大げさ、エロい、グロい、汚い」とでもなるだろう。一例を見よう。

七日後の八月十五日、中秋節のことであった。明月がゆっくりと昇り、地面を覆い尽くす高粱は粛然と黙って立っていた。高粱の稲穂は月光に浸され、水銀につけたかのようにきらきらと輝いていた。私の父はくっきりとした月の光の下、今よりも何倍も強烈な生臭い空気を嗅《か》いだ。その時、余司令は父の手を取って高粱畑を歩いていた。すると三百以上の村人たちが足を折りまげ、腕を枕にし、死体となって積み重なっていた。流れ出した鮮血が広範囲にわたって高粱畑を灌漑《かんがい》し、高粱の下の黒土をドロドロにしてしまっていたために、脚をとられることになった。窒息するほどの生臭さで

あった。人肉を食べにやってきた犬の群れが、高粱畑に座って、目をギラギラさせて父と余司令を睨《にら》んでいた。（引用者訳）

『赤い高粱』には日本語訳があるが、ここでは原文の文体に近いように私が翻訳しなおした。出版されている日本語訳の方が読みやすく、適切ではあるが、原文の過剰さを和らげている部分がある。例えば、私が「地面を覆い尽くす高粱は粛然と黙って立っていた」と直訳した部分は、岩波現代文庫の翻訳では「一面の高粱はひっそりと立ち」と訳されている。もちろん、日本語訳として適切であるが、原文はもっと大げさだ。

莫言の文体というのはとにかく大げさなのである。別にびっくりするような比喩《ひゆ》表現を使うわけではない。とにかく、ひとつひとつくっきりと、大げさに、濃厚な味付けにしていく。

特に、色彩と臭いについて執拗《しつよう》に強調する。引用した文を見てみても、高粱の稲穂は月の光を浴びているだけのことだが、「月光に浸され、水銀につけたかのようにきらきらと」というように、光っているさまを強調している。次も「生臭い空気」を「今よりも何倍も強烈な」と強める。また、「流れ出した鮮血」「黒土」というように、濃厚な色の描写をつけていく。

次に、死体の多さ、流れる血が大げさに書かれている。「広範囲にわたって高粱畑を灌漑し」と訳したところは、三百人の死体から流れ出た血の量が、畑を灌漑する水のように多い、と誇張して言っているのである。

「人肉を食べに来た犬」というイメージは、おどろおどろしさ、グロテスクさを増幅させている。日本軍は人肉で軍犬を養育し、死体のみを食べるように教育されていたという逸話が中国ではよく知られているので、そのイメージを流用しているのだろう。

一見すると『百年の孤独』の魔術的リアリズムと似ていると思うかもしれないが、実はまったく逆の処理を行っているのがわかるだろうか。『百年の孤独』では、普通の価値観では常識的にはありえないことを、ごく普通のことのように抑えて描く。一方で『赤い高粱』は、ひとつひとつは現実に有りうることをひたすら誇張し、魔術的に仕立てていく。

また、『赤い高粱』は、ひとつひとつの状態の描写、色だとか臭いだとか、情景だとか、そういうものが誇張されて描かれる。色や臭いを濃厚に書くことによって、神話的な世界ができあがっている。ある部分を特に強調して書くので、リアリズムと言うよりは印象主義的、象徴主義的である。出来事をそのまま書くというより、その感覚を描いているといってもいい。読者に、特殊な世界であるとの感覚を印象付ける文体である。

殺害された単父子の死体が川の中で見つかり、引き上げられる場面から、今度は、岩波現代文庫の日本語訳を使って読んでみよう。

突然、入り江のなかほどに二か所、ぶくぶくと桃色のあぶくが湧きあがった。みんなは息をひそめて、そのあぶくがつぎつぎに砕ける音に耳をすませた。日の光は強く、水面をおおう金のような硬い外皮が、人の目をくらませるほどまぶしく輝く。さいわい黒雲が一つ流れてきて、太陽をさえぎった。金色は褪せて、入り江の水は青さをとりもどした。大きな黒い物体が二つ、あぶくの湧きあがったところにゆっくりと浮かんできて、水面に近づくと急に速度を増した。まず二つの尻がぽっかりと現れ、すぐまた裏返しになって、単父子がふくれあがった腹を空に向けた。顔は恥ずかしがっているみたいに、水面すれすれに浮かんでいる。

曹県長が死骸の引き上げを命じた。酒造小屋の杜氏たちが仕事場から長い木の竿を持ってきて、鉄の熊手をくくりつけた。羅漢大爺が熊手で単父子のふとももをつかみ——熊手が肉にぶすりとつきささって、すっぱい杏を食べたように歯ぐきがじんとした。——ゆっくりと引きよせた。

（中略）

騾馬が空を向いて、キーキーとひとしきり叫びつづけた。

やはり、「桃色のあぶく」「金のような」「黒雲」というように、色が鮮明に描かれているのがわかる。その中で、殺害された単父子の死体描写は「大きな黒い物体が二つ、あぶくの湧きあがったところにゆっくりと浮かんできて、水面に近づくと急に速度を増した。まず二つの尻がぽっかりと現れ、すぐまた裏返しになって、単父子がふくれあがった腹を空に向けた」と出てくる。

このように「尻《しり》」だとか、「腹」だとか、「下品」なところを特に強調して浮かび上がらせるのも、莫言の特徴である。

次の段落はその死骸《しがい》を引き上げるシーンだが、ふとももを熊手でぶすりとつきさすという描写になっている。死体を肉の塊と捉《とら》えるグロテスクな描き方である。このように、猥雑で下品、グロテスクで感覚的な描写を中心にすることによって、文明が覆い隠してきた土着的な要素が捉えられている。

儒教の伝統のある中国では、性表現が抑圧されてきた。尻のような下品な対象を描くことや、流れ出る腸《はらわた》のようなグロテスクなものは、覆い隠されるものであった。しかし、原始的な空間は本来的に文明から見て下品なもの、グロテスクなものに充《み》ちあふれている。二〇世紀になっても、田舎では文明化される以前の原始的な色合いは多分に残っていた。莫言は、その部分を特に表面化させる。

擬音語と擬態語

『赤い高粱』の文体は印象や感覚を大切にする。これは、擬音語、擬態語が多いという点にも表れている。中国語は、英語などに比べると擬音語、擬態語を多く持っているが、どちらかというと幼稚な感じがして、文章語ではそれほど用いられない。しかし、莫言の小説にはたくさん使われている。

例えば、人肉を食べに来た犬たちは「目をギラギラさせて」いるし、「ぶくぶくと桃色のあぶくが湧きあがった」「尻がぽっかりと現れ」「熊手が肉にぶすりとつきささって、すっぱい杏を食べたように歯ぐきがじんとした」「騾馬が空を向いて、キーキーとひとしきり叫びつづけた」など、多く見つけることができる。

擬音語、擬態語を描写の中で多用することによって、描写が感覚的・印象的になる。

フラッシュフォワード

莫言は、『百年の孤独』のうち、魔術的リアリズムを誤読したことによって、上述のような文体を作ったことを見た。『百年の孤独』の「誤読」は、他にも見ることができる。それはフラッシュフォワードの使用である。『百年の孤独』には基準の時点よりも先のことを予告するフラッシュフォワードが利用されていることを見た。『赤い高粱』にもフラッシュフォワードがところどころで使用されている。一例を見よう。

一九七六年、祖父が亡くなったとき、わたしの母は指が二本欠けた祖父の手をとって、かっと見ひらかれたその目を閉じてやった。一九五八年、日本の北海道から帰ったとき、祖父はうまく言葉を話せなくなってしまっていた。言葉は、ひとつひとつ重い石ころのように吐きだされるのだった。

『赤い高粱』は莫言の中でも特にフラッシュフォワードが顕著なので、『百年の孤独』を模倣したのだろうと考えられる。しかし、その模倣は表面的なものにとどまっており、あまり効果的には使われていない。『百年の孤独』では、フラッシュフォワードによって円環的時間が表されており、何度も同じ事件が起こっているような錯覚を読者に引き起こさせる。そのために、「長い年月がたって」というように、どれくらい先なのかは不明確にされるし、そもそも基準となる語りの位置が不明確である。一方で『赤い高粱』では、引用例のように日付をはっきりさせるし、そもそも語り手の「わたし」が祖父や父の物語を語るという形式を取っているため、「わたし」が語っている位置というのは、物語世界の内部ではっきり明示されている。

おそらく莫言は『百年の孤独』のフラッシュフォワードが持つ斬新《ざんしん》さに気づいたのだと思うが、どのように斬新かまでは、『赤い高粱』の時点ではわからなかったのではないだろうか（余談だが、現行の『赤い高粱』には中国語原文でも日本語訳でも祖父が北海道に来る話は載っていないが、もともとはあった。なぜ削除されたのかよくわからないが、中国のインターネット上では幻の最終章「野人」を読むことができる)。『赤い高粱』で莫言は、現実を大げさに書いた。その後の長編小説でも、この特徴は引き継がれる。『赤い高粱』は表現レベルでは誇張が多いものの、ストーリーの展開、出来事のレベルではまだありうる範囲の物語であるが、後の長編小説では過剰さがより一層エスカレートしているように思われる。その過剰で猥雑で汚い世界を楽しむのが莫言を読むということであろう。

【邦訳リスト】

『酒国——特捜検事丁鈎児の冒険』藤井省三訳、岩波書店、一九九六年
『豊乳肥臀』上下巻、吉田富夫訳、平凡社、一九九九年
『至福のとき——莫言中短編集』吉田富夫訳、平凡社、二〇〇二年
『赤い高粱』井口晃訳、岩波現代文庫、二〇〇三年
『白い犬とブランコ　莫言自選短編集』吉田富夫訳、NHK出版、二〇〇三年
『四十一炮』上下巻、吉田富夫訳、中央公論新社、二〇〇六年
『転生夢現』上下巻、吉田富夫訳、中央公論新社、二〇〇八年
『白檀の刑』上下巻、吉田富夫訳、中公文庫、二〇一〇年
『牛　築路』菱沼彬晁訳、岩波現代文庫、二〇一一年

『蛙鳴（あめい）』吉田富夫訳、中央公論新社、二〇一一年
『天堂狂想歌』吉田富夫訳、中央公論新社、二〇一三年
『続　赤い高粱』井口晃訳、岩波現代文庫、二〇一三年
『透明な人参　莫言珠玉集』藤井省三訳、朝日出版社、二〇一三年
『莫言傑作中短編集　疫病神』立松昇一訳、勉誠出版、二〇一四年

十三章　信頼できない語り手

カズオ・イシグロ（二〇一七年）

二〇一七年に受賞したカズオ・イシグロは、一九五四年長崎生まれで、両親ともに日本人であるが、五歳の時にイギリスに移住した。本書で取り扱っている作家の中では、もともと日本でも売れている作家であったが、受賞を契機にベストセラーとなっている。ノーベル文学賞についての日本の報道は、日本人が受賞するかどうか（というより、村上春樹が受賞するかどうか）にのみ関心が置かれているため、カズオ・イシグロは「日本人」ということで大々的に取り上げられることになった。

カズオ・イシグロは五歳で移住しており、日本語はほとんどわからないので、基本的にはイギリス文学といっていいだろう。ただし、第一の長編『遠い山なみの光』と第二作『浮世の画家』は日本を舞台としており、登場人物もほとんど日本人である。このため、特に初期においてはイギリス国内でも日本的な文学として受け取られていたようだ。カズオ・イシグロ自身も、小津安二郎を思わせる記述を入れてみたり、大江のところで述べた通り、「自殺」を入れ込んだりと、意図的に「イギリス人に対する日本表象」を埋め込んでいるところがあった。また、『遠い山なみの光』は戦後すぐの長崎を舞台としているため、原爆投下と結び付けられやすい。デビューにあたって、そうした要素を取り込んだ方が有利だったのだろうし、ノーベル賞の受賞にも有利に働いたと思われる。

これは小説内部の技巧というわけではないが、小説には個性が求められる以上、販売戦略としても「売り」を作る必要がある。日系人であれば「日本」を利用する方が、受け入れられやすいのであろう。話題になっているテーマなど、時流に乗るのも方法の一つだし、そうしたテーマを別様に仕立てるのも小説ならではのものである。

長編第三作『日の名残り』は、老執事を語り手に据え、徹頭徹尾イギリスの話にしており、ここからは「日本人」表象をそれほど入れなくなっている。とはいえ、第五作『わたしたちが孤児だったころ』は、舞台をイギリスと上海におき、東洋趣味を掻《か》き立てているし、子供のころの語り手の友達はアキラという日本人である。

小説として完成度が高いのはもちろんだが、ノーベル文学賞は文化的越境者を好む傾向にあるので、『遠い山なみの光』『わたしたちが孤児だったころ』のように東洋と西洋を同時に舞台としているのは、選考の面で有利に働いていたかもしれない。

カズオ・イシグロの小説はなんといっても、プロットの組み方が抜群にうまい。ミステリーやホラーを思わせる展開も取り入れているため、エンターテインメント的でもあるから、ベストセラーになるのは自然である。『日の名残り』は映画化されているし、『わたしを離さないで』は映画化されているだけでなく、日本でテレビドラマに翻案されてもいる。ノーベル文学賞には珍しく、商業的にも通用する作家なのである。

カズオ・イシグロといえば、「信頼できない語り手」である。「信頼できない語り手」とは、アメリカの理論家ウェイン・ブースが初めて提出した概念で、語り手の語ることが信頼できないような場合をいう。通常の会話で、誰かが語ることがらは、嘘のこともあるし、記憶違いということもあるが、小説文では通常、地の文で語られていることは事実として読まれる。一人称の語りでもほとんどの場合ではそうだが、時として語り手によって与えられる情報が誤謬《ごびゅう》、あるいは嘘なのではないかと感じられるようなものがある。これが「信頼できない語り手」である。

ここまで紹介してきた小説の中では、ナイポールの『ある放浪者の半生』も「信頼できない語り手」にあたる。ウィリーの父親の語りは明らかに胡散臭《うさんくさ》く、しかも適当なので、どこまで本当のことなのかは疑わしい限りであった。

カズオ・イシグロの小説はいつも特定の人物による一人称の語りである。しかも、その語り手は過去のことを思い出して語る。だが、その思い出しの語りはどうも怪しい。意図的に改変しているようにも思えるし、重要な情報をあえて語らないで進めていくことも多い。すべては嘘や妄想なのではないかと感じられさえする。その語り口が絶妙なのである。これほど一人称の語りと「信頼できない語り手」をうまく使っている作家は思いつかない。

またこれに伴って、カズオ・イシグロの小説は常に「現在」からの過去語りである。現在から思い出される過去は、語り手の都合よく改変されているようであるし、語られないですまされることも多い。語られない空白が大きく感じられるが、そこが作品の奥行きにつながっている。

『遠い山なみの光』　語られる物語と語られない空白

最初の長編小説となった一九八二年発表の『遠い山なみの光』は、イギリスの田舎に住む日本人女性の悦子が語り手となっている。悦子は長崎出身であるが、イギリス人男性と結婚して移住してきたらしい。そのイギリス人夫は既に亡くなっている。

悦子は、日本人の前夫・緒方二郎との間に娘の景子がいたが、冒頭で首吊《くびつ》り自殺したことが語られている。イギリス人夫との間にはニキという娘がいて、現在はロンドンに住んでいる。ニキと景子はそれほど親しくはなかったらしい。

悦子はそこから、二十数年前、景子を妊娠していたころの長崎での出来事を回想して語る。それ以降、現在の悦子とニキの話も枠組みとして出てくるが、大部分は長崎時代の出来事の話になる。

回想されている時点は、戦後ほどなくの一九五〇年代前半に設定されている。悦子は原爆によって肉親や婚約者を亡くしているらしい。戦争中まで教師をしていた緒方誠二に助けられて生き延び、その息子の二郎と結婚し、後の景子を身ごもっている。

この夏、悦子は東京から越してきたと噂される佐知子―万里子の母娘と知り合う。父親はいないらしい。回想される物語は、この母娘と悦子のエピソードを中心に語られていく。カズオ・イシグロの語り手は、重要なことを示唆しつつ、ぼかして語る。そして、重要なはずのことが語られず、空白のままに置かれる。冒頭では、ニキが語り手の悦子のもとにやってくるが、そこで次のように語られている。


　この数年前から、ニキはわたしの過去の生き方をいろいろな角度からしきりに褒めるようになっていて、来てくれたのも、こんどの事件があったからといって話が変わるわけではなく、わたしが過去に選んだ道を後悔することはないと言いにきたのである。要するに、わたしには景子の死にたいする責任はないと励ましに来てくれたのだった。（小野寺健訳、ハヤカワ epi 文庫、二〇〇一年）

ここでは、「景子の死」について、その責任は悦子にないと励ましているが、それでは果たしてその原因は何だったのか、ということが謎として残る。おそらくはそれについて今後明らかにされていくのだろうと期待させる。

自殺の手掛かりになりそうなことは、ごく限られた情報しか与えられないが、再婚相手となったイギリス人の夫が、義理の娘を愛さなかったことだけは明らかにされる。
それでは、なぜ悦子は最初の夫、二郎と別れてイギリスに来ることになったのだろうか。次の語りを見てみよう。

だいたい彼女には、長崎時代のさいごのころのことなど本当はろくにわかっていはしないのだ。おそらく、父親に聞いた話から勝手なことを想像したのだろう。そういう想像はどうしても不正確なものになる。事実、夫にしても、日本についての立派な論説はいくつも書いているが、日本文化のいろいろな性格などわかってはいないのだ。まして二郎のような人間のこととなれば、なおさらだった。二郎を懐かしむ気持ちはわたしにもないが、だからと言って、二郎はけっして夫が考えているような愚かな人間ではなかった。彼は家族のために一所懸命働き、わたしにも同じことを期待していた。彼は彼なりに誠実な夫だったのだ。そればかりか、娘と暮らした七年間は、娘にとってもいい父親だったのである。長崎時代のさいごのころには、わたしも他のことについては納得していたにせよ、景子が父親との別れを悲しまないとは、さすがに考えられなかったのだ。

ニキが知っていることは、その父親から聞いたことであって、不正確だというのだが、その不正確だという「長崎時代の最後のころ」について、本文中では一切描かれていない。景子が生まれてから七年間は離婚せずにいたことがこの語りからわかるが、「二郎を懐かしむ気持ちはわたしにもない」と述べていることから、夫婦仲は相当に悪化していたことが示唆されてはいるものの、これ以上の情報はない。

本文中に語られる二郎は、妊娠三か月のころであり、忙しく働いている様子が描写されているものの、まだ悪くは書かれていない。そこから七年の間に何かあったことになるが、そこは空白にされているのである。

景子についての具体的なエピソードも空白のままにされている。だが、これは別の形を取って語られている。それは佐知子―万里子母娘の関係である。

人物のオーバーラップ

悦子は妊娠中、引っ越してきたらしい佐知子―万里子の母娘と知り合う。佐知子は以前、かなりよい生活をしていたらしい。英語も話すことができ、教育を受けていることが示唆されている。このため、非常にプライドが高い。おそらくは不幸なことがあって、長崎の伯父を頼ってきていたが、そこでもうまくいかずに出てきたようだ。しかし悦子のもとに現れたときには、生活するためのお金も不足しており、主人公の紹介でうどん屋で働くことになる。が、恩があるはずのそのうどん屋も「あんなうどん屋」と佐知子は見下している。うどん屋の主人の藤原さんは、かつてはいい暮らしをしていたが、戦争ですべてを失ってしまい、今はうどん屋などをやることになって、かわいそうだとも言っている。その娘、万里子は幼いが、佐知子はそれほど面倒をみない。いつも放置しており、気にもかけない。しかし佐知子の自己認識は、「娘のことはよくわかっている」「娘が第一」というものであり、何度も反復されている。

ある時、佐知子が万里子を置いてどこかに行っている間に、万里子が失踪《しっそう》してしまい、悦子は心配する。その時の会話を見てみよう。

「じゃ、探しましょう」わたしは急ぎ足で歩きだした。「万里子さんがいっしょにいそうな友だちはいない?」

「いないわね。大丈夫なのよ、悦子さん」――佐知子は笑って、わたしの腕をつかんだ――「そんなに心配することないの。あの子は大丈夫なのよ。それよりわたしがでかけてきたのはね、ちょっと話したいことがあるからなの。つまり、やっと決まったのよ。わたしたち、二、三日うちにアメリカへ行くのよ」

「アメリカ?」佐知子に腕をつかまれたせいか、単に驚いたせいなのか、わたしは立ちどまった。

「そう、アメリカよ。もちろん、そういう所の名前くらい聞いてるわよね」彼女はわたしがびっくりしたのが嬉しいようだった。

佐知子は、万里子を心配していない。それよりも、自分がまもなくアメリカに行くのだということを言いたくて仕方がないのである。「そういうところの名前くらい聞いているわよね」というあたりにも、彼女の高慢な性格が表されている。

佐知子がアメリカに行くというのは、恋人のアメリカ人・フランクが、彼女たちを連れていってくれるというのである。万里子は佐知子が自分を放置してフランクのもとに遊びに行っているのがゆるせないし、フランク自身のことも嫌っているようである。佐知子は、そんな万里子のことは考慮していない。

今、引用したところにも表されているが、『遠い山なみの光』は会話文が多く、しかもその会話はかみ合わないものが多い。各人が勝手に自分の主張をし続ける。エゴイズムが現れており、全体のテーマにも通じている。巧みな構成である。

しかし、このアメリカ行きは最初実現しない。フランクはダメ人間で、アメリカ行きに必要なお金をすべて飲みに使ってしまったのである。このあたりから、フランクは佐知子のことも大切に思ってなどいないことがわかる。ところがそれでも、結局、佐知子は神戸に行ったフランクを追いかけ、アメリカに行くことを目指す。そのために、万里子が大事にしている猫を処分しようとする。娘の気持ちを考えない、身勝手な母親として描かれている。

語り手悦子は、明らかに佐知子を批判的な目線で語っている。しかし、子供のことなど考えずに外国に行くことは、後に悦子自身が行ったことであり、佐知子―万里子に、悦子―景子を重ねていることが徐々に明らかになってくる。とするならば、佐知子への批判的目線は、自己批判でもあることになる。また、先に引用したところでも「長崎時代の最後のころには、わたしも他のことについては納得していたにせよ、景子が父親との別れを悲しまないとは、さすがに考えられなかったのだ」とある通り、イギリスに連れてくるときにも景子のことはちゃんと考えていたとしている。このあたりの欺瞞《ぎまん》も、佐知子の姿に重なっている。

このように、悦子―景子間であったらしいことが、佐知子―万里子の関係にオーバーラップしていく構造になっているのである。

万里子のイメージとホラー

かわいそうな娘、万里子のイメージは、景子に重ねられている。悦子はニキに、小さな女の子の夢を見たと言っているため、万里子のエピソードは悦子が勝手に作り出したイメージのようにも思われてくる。どこまで事実であるかは疑わしい。

万里子は登場した時から、見知らぬおばさんがつきまとっていることを悦子に言っている。


「どうして子猫飼わないの？　よそのおばさんは一匹ほしいって言ってたわよ」

「考えてみるわよ、万里子さん。そのおばさんはどこの方？」

「よそのおばさん。川の向こうの人よ。一匹飼うって」

「でも、川の向こうには誰も住んでいないわ。向こうには木しか生えていないのよ」

「そのおばさん、あたしを家《うち》へ連れてくって言ったの。川の向こうに住んでるの。あたし、行かなかったけど」


このように、その「おばさん」は、万里子を連れていこうとしているらしい。佐知子は、作り話と言って取り合わない。というのも、東京で万里子は子供を水につけて殺す母親を見てしまったので、そのイメージがとりついているのだという。

悦子はまた、このころこの地区では連続幼女殺人事件が発生し、最後の犠牲者は木からつるされているところを発見されたのだと回想する。先ほど、佐知子がアメリカ人フランクのもとに行っている間に万里子が失踪したエピソードを紹介したが、ここで読者には誘拐殺人ではないかという緊張感が走る仕掛けにもなっている。「万里子を誘拐にくる女」らしき影は、この小説中何度も反復されており、そのたびにゾクゾクとさせられる。ホラー仕立てを取り入れているのである。

しかし、このプロットも単なるホラーではない。首をつられて殺されている少女のイメージは、景子にオーバーラップしている。万里子に死の危険が迫ることは、景子にもその危機が迫っていることを表している。佐知子がそれを気にかけないことは、景子について気にかけられなかった悦子自身ともとれる。

さらに、「万里子に危害を加える女」とは、実は悦子自身なのではないか。というより、そのように万里子が見ているように思われる描写が、ときどき現れる。


「どうしてそんなもの持ってるの？」

「言ったでしょ。何でもないのよ。足に引っかかっただけ」わたしはまた一歩近づいた。

「どうしたの、万里子さん」

「何が？」

「いま、変な顔をしてたじゃない」

「変な顔なんかしないよ。どうしてそんな縄持ってるの」

「変な顔してたわよ。とっても変な顔」

「どうして、縄持ってるの」

最初の「どうしてそんなもの持ってるの？」とは、万里子が縄を手にした悦子に言うセリフである。悦子は、「何でもないのよ。足に引っかかっただけ」と言うが、万里子は変な顔をしたらしい。さらに、どうしてそんな縄を持っているのかと二度繰り返して聞いている。

この小説は、ホラーの要素を入れているので、背筋が寒くなる場面がいくつもあるのだが、ここなどもよく読むとかなり怖い。「縄を持ってきたのはあなたよ」「私を殺すのはあなたよ」というメッセージを万里子が発しているように見えるからだ。この万里子との会話は事実の回想ということになっているが、実際にあったかどうかはかなり疑わしい。むしろ、景子の自殺について責任を感じている悦子が作り出したイメージのように思われる。とすると、万里子が狙われるイメージも、悦子自身の幻想かもしれない。カズオ・イシグロのうまいところは、幻想や夢として出すのではなく、あくまで事実として物語っておいて、よく読むと疑念がわくように作っているところであろう。

喪失

『遠い山なみの光』では、「喪失」が一つのテーマとなっている。悦子は長崎時代には親しい者を亡くし、故郷を捨ててイギリスに行った。イギリスでは娘の景子を失うことになった。佐知子もかつての生活を失っている。また、悦子の前夫の父、誠二は戦争が終わってすっかり価値観が変えられてしまったことに、「大切なものが失われてしまった」と嘆く。誠二はもともと教師だったが、おそらく戦争協力のために解雇されたのだろう。自分の過去を必死で肯定しようとしているのである。この「元教師」の設定は、ひょっとすると小津安二郎の映画『秋刀魚の味』から借りているのかもしれない。この映画でも、かつて威張っていた教師が今ではまずい中華料理屋の店主になっており、卑屈に暮らしているところが描写されている。

カズオ・イシグロの小説はよくノスタルジックと評される。ノスタルジーは典型的には情感であるから、高行健のところで見たように内面が描かれることが多い。しかしカズオ・イシグロの一人称の語り手はそれほど感情を出さない。あくまでプロットとして仕立てあげていく。

エンターテインメントの常道として、複数の謎を作ることが挙げられる。さらに謎が謎を呼ぶ展開にし、複雑に絡め合わせていくと読者を引き付けることができる。また現在の状況を外枠にして、そこから過去を振り返る物語は少なくないが、これはそれだけでもない。現在の立場から過去を改変し、作り上げていく。カズオ・イシグロは文体レベルではそれほど修辞的にこだわっていないと言っているらしいが、プロットづくりについてはかなり技巧的である。これをデビュー長編で書けるのだから驚きである。

『日の名残り』『わたしたちが孤児だったころ』『わたしを離さないで』

物語の特権は、一つには語られる場面を現在として語ることができる点にある。わかりやすいのは映画で、回想形式を取るものであっても、ある時点が現在として映し出される。小説でも同様で、回想形式であっても、その回想される場面が現在として描かれることが多く、しかもそれは基本的には事実として読まれる。現実の会話ではそうではない。語り手が聞き手に話すその場が一次的になるので、回想される過去は断片的になるし、要約的になり、必ずしも正しいものではない。

カズオ・イシグロの回想される過去も、厳密には日常会話の回想形式とは異なっている。回想される場面は要約的には語られないし、直接話法の会話が非常に多い。だが、通常は「事実」として読まれるという約束事を、カズオ・イシグロは壊してくる。この形式は、その後の作品にも受け継がれている。

『日の名残り』は、老執事スティーブンスが旅に出ながら、過去を回想する形式で語られる。老執事はかつてダーリントン卿に仕えていたが、ダーリントン卿は第二次世界大戦でナチスに協力したとして戦後立場が悪くなり、死去した。第二次世界大戦後は、もはや執事などという職は時代遅れになっているが、老執事は「あるべき執事」のことを語り続ける。老執事スティーブンスの語りは、自分の都合のいいように過去を改変しているもので、やはり信頼が置けない。彼は重要な役職を果たしてきたかのように語るのだが、実際のところはそれほどではないだろうとしか思えない。

この小説のおもしろさは、やはりスティーブンスの語り口調にあるように思われる。堅苦しい言葉づかいで、それが滑稽《こっけい》である。また、かつての女中頭ミス・ケントンが、かつて自分に思いを寄せていたかのように語っているのだが、それもまた思い違いのように思われる。

この小説、映画にもなっていて、ヒットしたらしいのだが、私にはさっぱりおもしろくなかった。スティーブンスの語り方こそがおもしろいのに、映画だとスティーブンス自体も画面に納めなければならない。このため、客観的な普通の物語のようになってしまって、原作の巧妙なスタイルが生かせていないように思われた。

『わたしたちが孤児だったころ』は上海が主な舞台である。子供のころ、主人公のバンクスは父が失踪し、その後母親も失踪する。イギリスに連れ戻されると、成長して探偵となる。これがまた事件解決についてはー切語られないので、どこまで信用していいかわからない。上海に戻ったバンクスは、父と母がどこかに幽閉されていると思い込む。そこから先、バンクスの思い込みによるひどい父母救出作戦が始まる。このあたり、ミステリーの手法を取り入れているが、やはりカズオ・イシグロの語り方である。

『わたしを離さないで』は、最高傑作ともいわれる。私も、やはり『遠い山なみの光』と

『わたしを離さないで』が優れていると思う。まずタイトルがいい。原題でいうとNever let me go。心が弱くなった時に言いたくなる（ただし、たぶん嫌われるので、注意が必要である）。

例によって一人称回想形式を取る。「わたしの名前はキャッシー・H。いま三十一歳で、介護人をもう十一年以上やっています」と始まるので、介護小説かと思ったが、ぜんぜん違った。ホラー、推理小説に続いて、SF的な要素を自分のスタイルに入れ込んだ小説になっている。自分のスタイルを持っていると同時に、いろいろ取り入れる器用さのある作家である。プロット命のようなところがあるので、紹介がなかなか難しいところだが、カズオ・イシグロ作品でまず読むべきものだと思う。

【邦訳リスト】

『日の名残り』土屋政雄訳、ハヤカワepi文庫、二〇〇一年
『遠い山なみの光』小野寺健訳、ハヤカワepi文庫、二〇〇一年
『わたしたちが孤児だったころ』入江真佐子訳、ハヤカワepi文庫、二〇〇六年
『浮世の画家』飛田茂雄訳、ハヤカワepi文庫、二〇〇六年
『充たされざる者』古賀林幸訳、ハヤカワepi文庫、二〇〇七年
『わたしを離さないで』土屋政雄訳、ハヤカワepi文庫、二〇〇八年

『夜想曲集――音楽と夕暮れをめぐる五つの物語』土屋政雄訳、ハヤカワepi文庫、二〇一一年
『忘れられた巨人』土屋政雄訳、ハヤカワepi文庫、二〇一七年

二〇一〇年代のその他の作家

二〇一〇年代は、二〇一五年にはノンフィクション作家としてスヴェトラーナ・アレクシエーヴィッチ、二〇一六年にはシンガーソングライターのボブ・ディランと、従来の傾向とは異なる人物が受賞しており、若干傾向に変化が生じている。小説家としては他に二〇一三年にカナダのアリス・マンロー、二〇一四年にはフランスのパトリック・モディアノが受賞している。

アリス・マンローは短編の名手として知られる。短編としてのうまさはやはりあるが、私の読んだ限りでは日常的な出来事の描写と情感が描かれているものが多い。テーマ的に重厚であるか、手法にクセがある作家の受賞が多い中で、やや傾向が異なる。方針が変わりつつあるのか、単に一度も受賞がなかったカナダ人にあげたかったのかはわからない。

パトリック・モディアノは常に何か・誰かを探す。特に、自分自身のアイデンティティと記憶を探す。ユダヤ系であり、ユダヤ人の問題を書いていることも、ノーベル文学賞につながっているように思われる。

終わりに

以上、まだ読んだことがない人のために、ノーベル文学賞受賞作家の作品を紹介してきた。日本人が受賞するかどうかだけに注目するのはもうやめよう。日本人が受賞すると、なんとなく晴れがましい気がするかもしれないが、優れた作家から順番に受賞する性格の賞ではないし、日本語という言語面でのハンデもある。それに、はじめに述べた通りここ数十年のノーベル文学賞はできるだけ多様な国の作家に賞を与えている反面、順番はなかなか回ってこない。

そして、受賞した作家の作品を読もう。読まれないのがもったいない作品ばかりである。全体を見渡した傾向として、次のようなことがいえるだろう。

①負の力がプラスに転化する

黒人差別や共産党体制下、アパルトヘイト、ナチズムなどによって抑圧されたことが強烈な文学を生み出している。人間は不幸でつらい体験をするほうが、語る欲望を爆発させるものらしい。平凡な日常からは圧倒的なパワーは生まれにくい。負の力で抑え込まれるほど、反作用としての文学となる。日本人は毎回村上春樹が騒がれるが、逆に言うと他に候補になりそうな作家が見当たらないということでもある。日本も不幸のどん底に落とされたら、逆に優れた文学が生まれるかもしれない。

②エスニック性

ガルシア゠マルケスやバルガス゠リョサの南米や、マフフーズのエジプト、パムクのトルコなど、よく知らない世界を描くものは、それだけでもおもしろい。価値観の違い、風俗の違い、出来事の違いなど、違いを楽しむことができる。

③越境性

カネッティ、ナイポール、ヘルタ・ミュラー、カズオ・イシグロなど、亡命や移民などで自国とは異なる文化で暮らしている作家も多く受賞している。これらの作家は、それぞれ特有の個人的体験を持っている。通常の人が経験していないことを経験していることは、小説を書くうえで有利に働く。また、文化を越えることによって、自然とその作品も文化を越えたものになる。

④小説言語

ただし、抑圧を単に告発するだけのもの、観念的イデオロギーから出発して組み立てられたような物語にはなっていない。あくまでも自然でなければならない。また、異文化が描かれているとはいっても、外国人に向かっていかにも自分たちを解説しているようなものも、自分たちをただ絶賛しているようなものも、文学としては価値が落ちる。もちろん単に越境する経験があるだけでも優れた文学にはならない。本書を通じて紹介してきた作家は、誰もが独自の小説言語を持っていた。小説は言語でできている以上、言語表現についても優れていないと、一流とはいえないのである。

実は私は、ノーベル文学賞作家があまりにも読まれていないこと、日本人が受賞するかだけが注目されていることが不満で、かねてから直近三十年から四十年のノーベル文学賞作品をできるだけ多く紹介する本を書きたいと思っていた。編集者に話をすると、たいていは「それはおもしろそうですね」と言っていただける。しかしいざ調べてみると、「受賞作家の名前があまりに一般に知られていなすぎる」と却下されてしまっていた。

それなら、『誰も読まないけれども実はおもしろいノーベル文学賞』というタイトルにすればいいのではないかとやけくそな交渉をしたが、やはり却下された。私はそこで「村上春樹はノーベル賞をとれるのか」「村上春樹はなぜノーベル賞をとれないのか」という釣りタイトルを用意して交渉したが、実らなかった。そのうちに、川村湊氏の同名の新書が出た。この本もとてもいい本である。

そして二〇一七年、カズオ・イシグロが受賞することとなった。

すると、ＫＡＤＯＫＡＷＡの麻田さんから「カズオ・イシグロで何か書けませんか」という話をいただいた。私はカズオ・イシグロの専門家ではないし、イギリス文学の専門家でもないから、それは無理な相談だ。そこで、「こういうのなら書けますよ」と提案したのが便乗企画の本書である。当初の考えでは作品解釈や文学理論全般その他に踏み込んで書こうと思っていたのだが、技巧に絞ってほしいとの要請を受けてこのような形になった。

　本書が優れた世界の文学への門戸となること、ならびに小説ついて新たな知見を提供することができたならば幸いである。

主要参考文献

宍戸節太郎『カネッティを読む――ファシズム・大衆の20世紀を生きた文学者の軌跡』現代書館、二〇一三年
ユセフ・イシャグプール『エリアス・カネッティ』叢書ウニベルシタス507、川俣晃自訳、法政大学出版局、一九九六年
木村榮一『謎ときガルシア＝マルケス』新潮選書、二〇一四年
田村さと子『百年の孤独を歩く――ガルシア＝マルケスとわたしの四半世紀』河出書房新社、二〇一一年
寺尾隆吉『魔術的リアリズム――20世紀のラテンアメリカ小説』水声社、二〇一二年
橋本陽介『越境する小説文体――意識の流れ、魔術的リアリズム、ブラックユーモア』水声社、二〇一七年
八木久美子『マフフーズ・文学・イスラム――エジプト知性の閃き』第三書館、二〇〇六年

ヴァレリー・スミス『トニ・モリスン――寓意と想像の文学』木内徹、西本あづさ、森あおい訳、彩流社、二〇一五年
大社淑子『トニ・モリスン――創造と解放の文学』平凡社、一九九六年
鵜殿えりか『トニ・モリスンの小説』彩流社、二〇一五年
小森陽一『歴史認識と小説――大江健三郎論』講談社、二〇〇二年
柴田勝二『大江健三郎論――地上と彼岸』有精堂、一九九二年
小谷野敦『江藤淳と大江健三郎――戦後日本の政治と文学』筑摩書房、二〇一五年
田尻芳樹編『J・M・クッツェーの世界――〈フィクション〉と〈共同体〉』英宝社、二〇〇六年
服部典之『詐術としてのフィクション――デフォーとスモレット』英宝社、二〇〇八年
新井政美『イスラムと近代化――共和国トルコの苦闘』講談社選書メチエ、二〇一三年
山内昌之『帝国のシルクロード――新しい世界史のために』朝日新書、二〇〇八年

平井杏子『カズオ・イシグロ――境界のない世界〈新版〉』水声社、二〇一七年
荘中孝之『カズオ・イシグロ――〈日本〉と〈イギリス〉の間から』春風社、二〇一一年
川村湊『村上春樹はノーベル賞をとれるのか?』光文社新書、二〇一六年
柏倉康夫『増補新装版　ノーベル文学賞――「文芸共和国」をめざして』吉田書店、二〇一六年

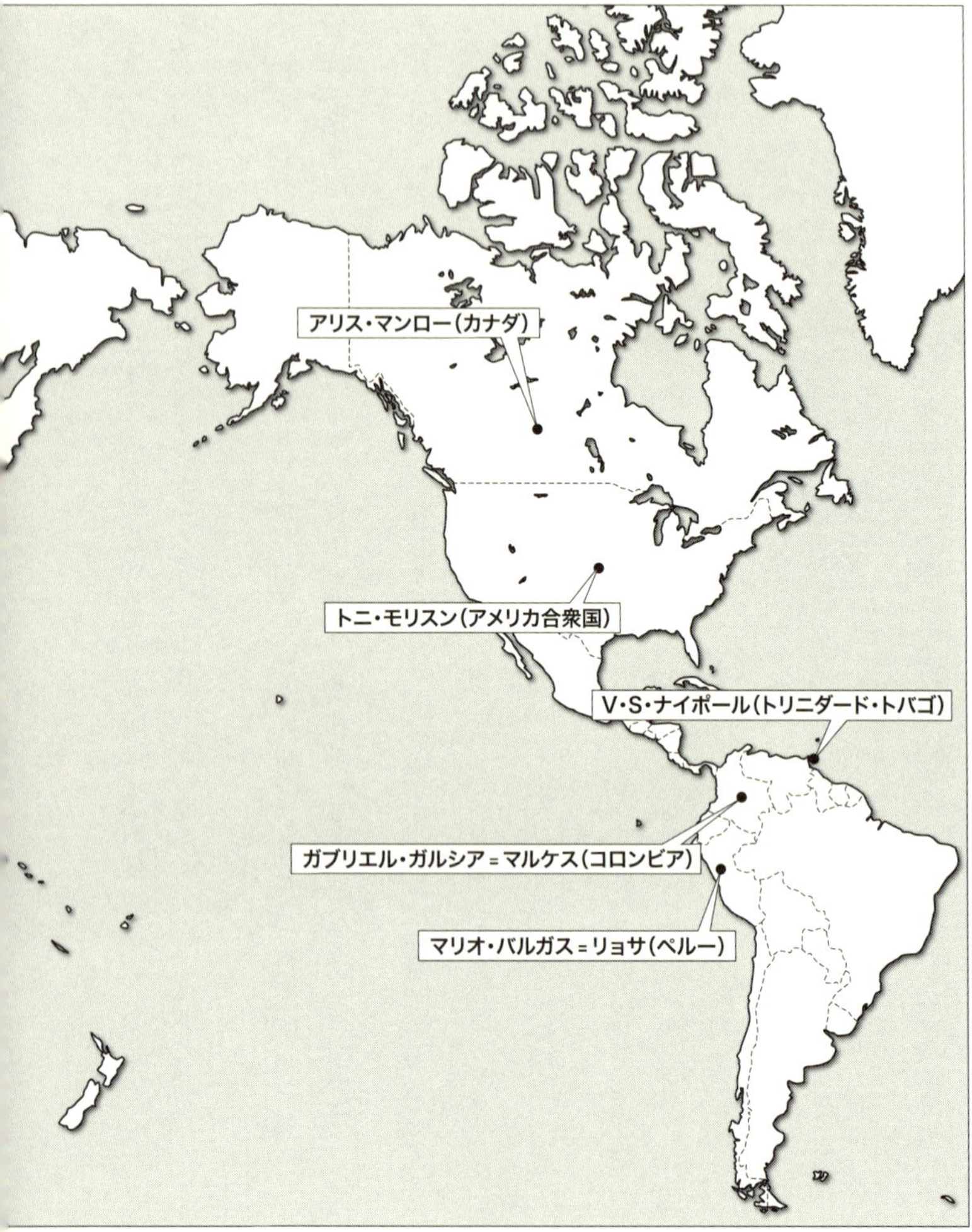
アリス・マンロー（カナダ）
トニ・モリスン（アメリカ合衆国）
V・S・ナイポール（トリニダード・トバゴ）
ガブリエル・ガルシア＝マルケス（コロンビア）
マリオ・バルガス＝リョサ（ペルー）

受賞者の出身国

1980年以降、主に小説の功績によりノーベル文学賞を受賞した作家の出身国を示した。

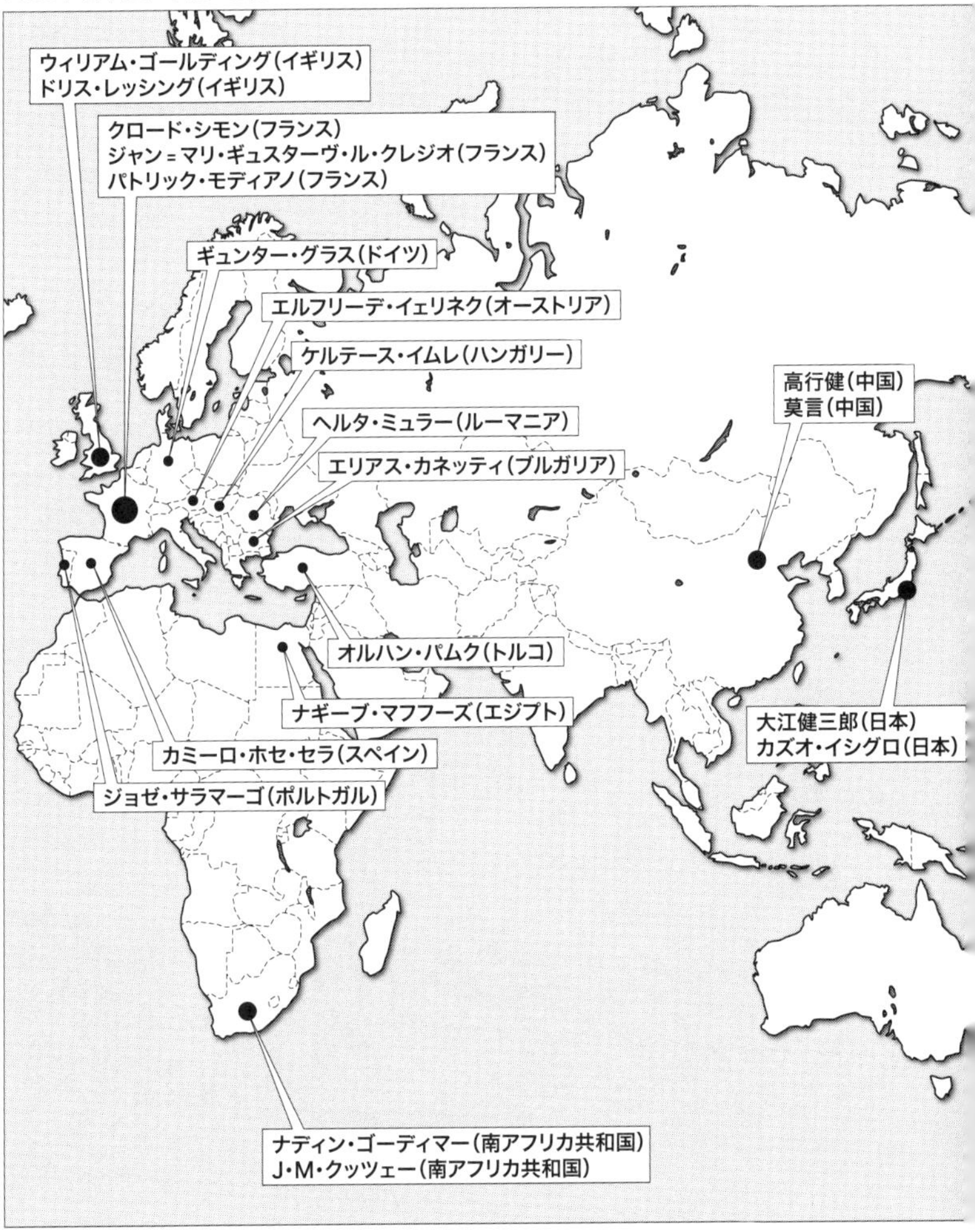

索引

あ

か

さ

橋本陽介（はしもと・ようすけ）
1982年、埼玉県生まれ。慶應義塾志木高等学校卒業。慶應義塾大学大学院文学研究科中国文学専攻博士課程単位取得。博士（文学）。専門は、中国語を中心とした文体論、テクスト言語学。現在、お茶の水女子大学基幹研究院助教。著書に『物語論　基礎と応用』（講談社）、『物語における時間と話法の比較詩学　日本語と中国語からのナラトロジー』（水声社）など。

角川選書 605

ノーベル文学賞《ぶんがくしょう》を読《よ》む
ガルシア＝マルケスからカズオ・イシグロまで

平成 30 年 6 月 22 日　初版発行

著　者　橋本陽介《はしもとようすけ》
発行者　郡司　聡
発　行　株式会社 KADOKAWA
東京都千代田区富士見 2-13-3　〒 102-8177
電話 0570-002-301（ナビダイヤル）
装　丁　片岡忠彦　　帯デザイン　Zapp! 白金正之
印刷所　横山印刷株式会社　　製本所　本間製本株式会社

KADOKAWAカスタマーサポート
［電話］0570-002-301（土日祝日を除く11時～17時）
［WEB］https://www.kadokawa.co.jp/（「お問い合わせ」へお進みください）
※製造不良品につきましては上記窓口にて承ります。
※記述・収録内容を超えるご質問にはお答えできない場合があります。
※サポートは日本国内に限らせていただきます。

定価はカバーに表示してあります。

ISBN978-4-04-703642-0 C0390

この書物を愛する人たちに

詩人科学者寺田寅彦は、銀座通りに林立する高層建築をたとえて「銀座アルプス」と呼んだ。
戦後日本の経済力は、どの都市にも「銀座アルプス」を造成した。
アルプスのなかに書店を求めて、立ち寄ると、高山植物が美しく花ひらくように、
書物が飾られている。

印刷技術の発達もあって、書物は美しく化粧され、通りすがりの人々の眼をひきつけている。
しかし、流行を追っての刊行物は、どれも類型的で、個性がない。
歴史という時間の厚みのなかで、流動する時代のすがたや、不易な生命をみつめてきた先輩たちの発言がある。
また静かに明日を語ろうとする現代人の科白がある。これらも、
銀座アルプスのお花畑のなかでは、雑草のようにまぎれ、人知れず開花するしかないのだろうか。
マス・セールの呼び声で、多量に売り出される書物群のなかにあって、
選ばれた時代の英知の書は、ささやかな「座」を占めることは不可能なのだろうか。
マス・セールの時勢に逆行する少数な刊行物であっても、この書物は耳を傾ける人々には、
飽くことなく語りつづけてくれるだろう。私はそういう書物をつぎつぎと発刊したい。
真に書物を愛する読者や、書店の人々の手で、こうした書物はどのように成育し、開花することだろうか。
私のひそかな祈りである。「一粒の麦もし死なずば」という言葉のように、
こうした書物を、銀座アルプスのお花畑のなかで、一雑草であらしめたくない。

一九六八年九月一日

角川源義

角川選書

「言海」を読む
ことばの海と明治の日本語
今野真二

日本初の近代的辞書と言われる『言海』は、明治期の日本語を映し出す鏡の役割を持っていた。編纂者・大槻文彦が凝らした配列や表記、語彙選別の苦労を丹念に読み解きながら、『言海』の真価を明らかにする。

542 | 192頁

978-4-04-703542-3

やさしい古典案内
佐々木和歌子

主要な古典文学作品の概要と、その作品を生み出した歴史的必然性を語り、文字とともに考え表現してきた日本人の姿を浮かび上がらせる新たな試み。やさしい語り口の古典案内。

513 | 280頁

978-4-04-703513-3

江戸の発禁本
欲望と抑圧の近世
井上泰至

出版文化が発達した江戸期には「発禁本」が多数生み出された。ご公儀による出版統制はどのように行われたのか。好色本や戦国歴史物語、仮想戦記など、処分対象となった書物の悲喜劇に満ちた成立事情に迫る。

529 | 204頁

978-4-04-703529-4

日本思想の言葉
神、人、命、魂
竹内整一

古い言葉をじっくりと読み味わうことで、我々は先人の叡智や、消えゆくものへの静かな眼差しに触れることができる。今日という時代を生きるよすがとなる、美しい言葉の数々が織りなす、日本思想史の新たな地平。

575 | 264頁

978-4-04-703590-4